aquela
estranha
arte
de
flutuar

aquela

estranha

arte

de

flutuar

João Peçanha

Copyright © 2022 por João Peçanha

É proibida qualquer utilização ou reprodução do conteúdo desta obra, total ou parcial, seja por meios impressos, eletrônicos ou audiovisuais, sem o consentimento expresso e documentado da Editora 106 Ltda.

Dados Internacionais de Catalogação na Publicação (CIP)
Ficha catalográfica elaborada por Angélica Ilacqua CRB-8/7057

P377a Peçanha, João
1.ed. Aquela estranha arte de flutuar / João Peçanha. — São Paulo: Aller, 2022.
160 p.

ISBN 978-65-88342-01-5
ISBN ebook 978-65-88342-02-2

1. Literatura brasileira I. Título

22-0818

CDD: B869
CDU: 82(81)

Índice para catálogo sistemático
1. Literatura brasileira

Publicado com a devida autorização e com todos os direitos reservados por

EDITORA 106
Rua Havaí, 499, Sumaré
CEP 05011-001, São Paulo (SP)
contato@editora106.com.br
www.editora106.com.br

"As folhas sabem procurar pelo sol
E as raízes procurar, procurar"

(Gilberto Gil e Caetano Velloso, *Panis et circenses*)

Sumário

Agradecimentos 9

Partida 11
Formigas 26
Candeeiro 44
Perpedigmo 59
Lucro 73
Dividendos 89
Novas 110
Nova 129
Partida 150

Agradecimentos

Oito mulheres leram este livro antes de ficar pronto, e suas opiniões foram fundamentais para que a voz de Nina fosse o mais honesta possível. Elas opinaram sobre esse universo que eu admiro, mas não habito, e a elas agradeço a paciência e o carinho com todos os erros eventualmente cometidos por mim ao longo da escrita desta história: Adriana Bruno, Bárbara Bein, Camila Piva, Josi Guerreiro, Paula Carminatti, Taís Ortolan, Teresa Isoldi e Udine Tausz de Macedo.

Agradeço aos meus editores, Fernanda Zacharewicz e Omar Souza. Com eles aprendi que a edição de um livro novo baseia-se menos na infraestrutura de um grande grupo editorial de enorme capilaridade do que no cuidado que é dispensado a cada obra. Pequenos frascos, grandes perfumes.

A Adriana, Juliana e Leonardo pelo amor incondicional e pela vibração constante.

Partida

Este é um mundo seco, por mais chuva que caia nele. Duplos dele, as pessoas são secas. Um mundo seco de pessoas secas. De outro modo, mesmo que chova pouco fora, chove muito dentro. Por isso, sempre vivi cheia de umidades, escorredezas e lamúrias não contadas, assim como, eu imaginava, todos os outros de Riacho da Jacobina, minha cidade natal que habita os intestinos da Bahia. Parecia que a terra dali chupava tudo o que caía nela, o que resultava num chão cheio de frestas e de rugas, como se ela mesma estivesse envelhecendo e perdendo a tenrice. O mesmo acontecia com os viventes: tudo o que entrava em nós era absorvido com tamanha sofreguidão que nem o paladar era sentido, como aquela comida com sabor ruim que engolimos rápido para não percebermos seu gosto.

Meus joelhos doíam pelo tanto que estava ali ajoelhada no chão da lateral da casa paroquial, local onde padre Alceu e os outros me deixavam em paz por uns minutos para rezar e pensar em tudo. Era o meu refúgio na modorra das tardes.

Os meninos sempre me chamavam para jogar bola e para outras distrações masculinas.

— Nino! Vem!

Eu rejeitava. Nem menino era, embora eles não soubessem disso.

— Vou não! Tô cansado! — mentia, ansiosa que me deixassem em paz.

Permanecia ajoelhada e fechava os olhos. A brincadeira que gostava de fazer para me distrair era, retirando um dos meus sentidos, exercitar um outro. Assim, fechava os olhos e tentava sentir em meus joelhos a percussão da correria dos pés dos meninos no campinho de terra batida, a 100 metros de distância, mas as únicas coisas que conseguia escutar eram um tiziu teimoso piar por perto e o zurrar comprido do jegue que vivia amarrado à grade da delegacia e que era alimentado cada dia por um, já que ninguém sabia a quem pertencia aquela besta.

Eu me chamo Venina. Padre Alceu sempre me chamou de Nina, mas, na frente dos outros, eu era Nino. A razão disso? História comprida! Resta saber: a Cúria de Salvador dizia que coroinha tinha que ser homem, então permaneci como Nino para que Padre Alceu pudesse me manter onde eu estava.

— Coroinha agora deve ser chamado de acólito! Acólito! — ele repetia, tentando decorar a palavra difícil. Tive infância na metade. Jamais fui menina nem menino. Uma, não podia ser. O outro, não queria. Meu desejo era me misturar com as meninas, brincar com elas de coisa de menina, mas isso não me era permitido. Ao mesmo tempo, como Nino, exigiam que eu jogasse bola, brincasse brincadeiras masculinas e implicasse com as meninas. Isso eu não desejava. O resultado disso tudo foi que, aos 14 anos, eu me transformei em uma coroinha que já lera todos os livros que padre Alceu tinha na paróquia, incluindo as histórias mais picantes de Eça de Queirós e de Marquês de Sade e aqueles outros livros proibidos em um tempo cheio de proibições que foi o ano de 1969.

Quando parei com essas divagações, percebi algo pontiagudo, mais incômodo que a dureza dos grãos da terra, a machucar um dos meus joelhos. Levantei o joelho doído e sacudi a poeira — quem sabe conseguiria expulsar aquele grão maior? —, mas quando retornei o joelho à terra, a dor veio ainda mais incômoda. Chegou a furar a pele do joelho. Quando olhei para baixo, vi algo brilhante como metal refletindo a inclemência do sol lá em cima. Cavuquei com os dedos sem sucesso, mas, com a ajuda de um graveto, retirei a razão do meu incômodo: uma pequena cruz, no máximo dois dedos de altura, feita de um metal escuro com um Jesus Cristo ali, naquela mesma posição do altar da igreja daqui de Riacho da Jacobina. O Jesus era tão preto quanto a cruz onde jazia esparramado.

Olhei para os lados com a sensação de estar tirando algo que, em algum momento, pertenceu a alguém. E se Jesus me visse ali cometendo aquele sacrilégio de roubar coisa santa, ainda mais pertencente a outra pessoa? Minha alma danava-se. Por outro lado, se aquela coisa estava ali, devia estar há tanto tempo que o próprio tempo se esquecera dela, imagina o dono ou dona anterior, que já devia ter desencarnado. Seu metal, além de muito escuro, era muito brilhante. Achei esquisito algo tão escuro refletir a luz.

Peguei aquela joia desenterrada do nada, pertencente a ninguém, e enfiei no buraco da barra de minha veste eclesiástica, que eu não tirava por nada nesse mundo para não revelar aos outros os sopros de peito que vinham nascendo em mim. Ali ela ficaria até o dia em que lhe daria outro destino, pensei.

Naquela mesma noite, escondi o crucifixo nos nós dos panos da rede de dormir. Ali ninguém o encontraria. Eu o deixava ali na maior parte do dia, mas quando anoitecia e padre Alceu fechava-se para dormir, eu o retirava daquele esconderijo, ficava admirando e me sentia importante por ter a pele da mesma cor daquele Jesus que me surgira como um amuleto. Eu me sentia importante por ser tão sozinha quanto julgava que aquele Cristo tivesse sido — afinal, não deve ter sido fácil ser filho primogênito de Deus e não ter ninguém igual a você com quem conversar. Também não tinha sido fácil para mim nem ser menino nem menina em uma terra em que essas coisas faziam tanta diferença.

Sempre que precisasse conversar com alguém, confabularia com aquele Jesus, preto e sozinho como eu. Mas o meu maior prazer não seria apenas conversar com meu Jesus preto: adoraria sentir o cheiro daquele metal escuro misturado ao da madeira de que o próprio Jesus era feito.

Aquele odor estranhamente me levaria a lugares agradáveis do meu coração, embora sempre me tivessem dito que os metais têm um odor ácido e desconfortável. Não. Eu gostaria daquele cheiro. Também a madeira do Jesus teria um odor bom, oleoso, lenhoso, um pouco másculo e igualmente agradável.

Foi numa dessas confabulações noturnas com meu nazareno preto que me assustei com as três batidas ritmadas e inesperadas na porta de meu quarto. Sem esperar resposta, padre Alceu abriu a porta e, do umbral, afirmou para o escuro daquela noite sem lua:

— Vamos partir em breve para uma viagem. Alguém vai chegar e vamos precisar levar essa pessoa até um lugar determinado. E isso terá que ser a pé.

— E esse lugar é longe? — foi o que consegui perguntar, entre embebida do cheiro do crucifixo e atarantada com a possibilidade de conhecer um mundo maior que o grande quadrilátero que era Riacho da Jacobina.

— Menos de 200 quilômetros daqui. Separe umas roupas, pois vai ser logo — ele respondeu, batendo a porta com estrondo e me deixando com meu Jesus preto e uma saudade antecipada de minha cidade e de minhas coisas.

Coisa de um minuto depois, voltou a abrir a porta, reticente:

— E não conte a ninguém que iremos partir. Portanto, infelizmente preciso lhe pedir que não se despeça de ninguém. Coisa de pouco tempo devemos estar de volta.

Voltou a fechar a porta. Fiquei me perguntando se havia alguém a quem contar segredos ou de quem me despedir.

Naquela noite, dormi de olhos abertos para o futuro daquela estranha viagem de que iria participar. Por que teríamos de viajar? Aonde? Padre Alceu disse que nosso destino ficava a cerca de 200 quilômetros, e nós estávamos a coisa de 200 quilômetros de Salvador. Pensei: quem sabe? Eu conheceria a capital, fabulei, imaginando as ruas largas e o povo sorridente andando nas calçadas e cantando sambas até altas madrugadas, como nos livros de Jorge Amado que eu lera?

Quando amanheceu, eu já estava de pé e vestida com a túnica exigida. Às seis, acordei padre Alceu com as três batidas de todo dia. Já havia verificado se tudo estava em ordem: a toalha puída do altar estendida e sem dobras, que havia sido lavada e quarada no sábado anterior; o missal e o lecionário, em seus lugares; as galhetas, com vinho e com água; as hóstias, em número suficiente para os poucos fiéis; duas cadeiras, uma para ele e outra menor para mim mesma; as velas do altar, já acesas; os cânticos, distribuídos; as lâmpadas do altar e da igreja que restaram funcionando, acesas.

Ajudei-o a se vestir e, na hora certa, abri a porta principal da igreja, encabeçando a fila de fiéis que cada dia mais se parecia com o Rio Mucugipe que, antes caudaloso, na maior parte do ano agora era só um fio que durava poucas semanas e onde nenhum peixe ousava estar, pois de gente sem moradia, este mundo está coalhado.

Fiz tudo isso sem dar por mim, alada no sonho de conhecer lugares distantes e exóticos, de sair de Riacho da Jacobina e de ver um mundo diferente daquele que eu conhecia muito bem, construído em silêncios e segredos. Aquele mundo novo seria diferente e me faria diversa do que eu era; pelo menos, assim eu esperava.

Terminada a missa, ajudei-o a tirar os paramentos roxos próprios da Quaresma, apaguei as velas, guardei os livros e os vasos sagrados. Quando voltava da nave da igreja, depois de fechar a porta principal, passei pela meia-parede que substituía a porta do banheiro. Padre Alceu estava no banho, jogando latas de água sobre si, ensaboando-se, esfregando-se e mostrando partes que eu jamais tinha visto em um homem adulto. Naquele momento, fiquei em dúvida se continuava olhando ou se saía dali. Em pouquíssimos segundos, descobri naquele corpo que sempre fora tão próximo de mim, que era como se fosse meu pai, um protetor, que cuidara de mim desde bebê, protuberâncias e pelos do corpo de um homem feito que desconhecia. Não achei correto ficar ali vendo o corpo do padre Alceu e me afastei, mas minha imaginação permaneceu nas bolinhas de sabão a escorregarem pela pele bem branca.

Saí para a rua deserta e continuei a sentir tremores que ignorava. Fechei os olhos, tentando pensar em outra coisa, no jegue, no campo de futebol, nos missários, mas acabei novamente me mesclando à água que escorria lentamente pelas reentrâncias que eu desconhecia. Para acabar de vez com aquilo, decidi correr o mais que pudesse. De início, a estratégia funcionou, mas quando o meu corpo foi se acostumando ao ritmo do exercício, percebi formigamentos que jamais sentira e me transubstanciei involuntariamente nas mãos desprovidas de calos que ensaboavam o corpo daquele homem que não era homem porque era santo. Um padre. Quase um pai para mim.

Eu não podia sentir aquilo.

Voltei a tempo de escutá-lo saindo do banho e, protegida por uma esteira velha que fazia as vezes de cortina, indaguei, de costas para ele, com uma voz mais firme do que supus ser capaz, quando iríamos embora e para onde iríamos.

Pela sombra projetada na cal da parede à minha frente, eu o vi se enrolar com pressa na toalha antes de responder:

— Ainda não sei. Como já disse, vou precisar levar uma pessoa a um lugar e você virá comigo. Quem me pediu foi um amigo da Conferência dos Bispos.

Eu ainda insisti e lhe perguntei quem era a pessoa e qual era o lugar aonde iríamos, mas dele só consegui reticências e não-ditos. Tive de aprender com o tempo a conter minha ansiedade de conhecer novas terras, pois ficaríamos ainda algumas semanas até que ela chegasse.

Ela chegou assim que o sol nasceu. Tinha seios bem postos em um decote que eu julguei abusado para a sua condição, pernas bonitas, cabelo comprido e liso, pele muito mais branca que a minha, dentes bonitos e uma barriga de grávida. Chamava-se Carolina.

— Final do oitavo mês — respondeu sorridente ao padre, que mirava os próprios sapatos para que seus olhos não fossem parar no decote da recém-chegada. Nem achou tempo de nos apresentar.

Ele passou café, comprou pão e manteiga nova. Carolina tinha cheiro de banho recente, além de outro cheiro, parecido com suor, que eu vinha sentindo em mim mesma havia uns meses, mas sentia vergonha de falar com o padre. Comemos quase em silêncio, exceto algumas tentativas dele de puxar assunto. Ela não era de muitas palavras, embora sorrisse bastante. Dentes lindos. Ficou o resto do dia num canto, folheando todos aqueles livros que eu já lera. Tocava delicadamente as lombadas e retirava um ou outro da estante. Nas poucas vezes em que falou comigo, foi como se eu fosse um chimpanzé e ela, a humana inteligente. Silabou algumas palavras que julgava que eu não conhecesse para mostrar-se mais sabida. Pediu para escutar o rádio, só que não colocou para tocar músicas, só notícias. Então franziu o cenho e fechou os olhos para abri-los um pouco úmidos.

— Não noticiam nada dele — falou para si, procurando ausências nos soslaios dos olhos.

De quê? — eu ensaiei a perguntar, mas ela me ignorou e voltou para um Érico Veríssimo que eu já passara da metade e cuja história falava de homens e mulheres lutando pela liberdade no sul do Brasil.

A manhã se arrastou lenta e sem palavras entre nós. Padre Alceu fechou-se nos estudos bíblicos que não fazia tinha muito tempo; Carolina acariciava lombadas e eu fiquei sem nada o que fazer. Resolvi aproveitar a manhã sem sol estalando a moleira para andar pela cidade e me despedir de tudo sem usar palavras. Foi quando eu me lembrei de que tinha muito pouco para me despedir: um ou outro vizinho que não cumprimentei, nenhum amigo ou amiga que abracei e parente algum que visitei, pois minha mãe viera de outra cidade e, portanto, não tínhamos família em Riacho da Jacobina.

Fui até o açude criado pela hidrelétrica construída 3 anos antes, mas só tinha uns poucos peixes que chapinhavam na água que já quase virava uma lama. Coloquei o que consegui deles numa folha seca de bananeira, embrulhei e segui de volta para a casa paroquial. Ao todo, uns dez carás sacudiam-se na prisão verde da folha de bananeira. Dariam um bom almoço. Temperei-os com óleo de palma, sal e casca picada de um limão seco que arranquei do limoeiro da casa paroquial. Os que sobraram, salguei para levarmos na viagem, que eu não sabia quando seria.

Carolina me via cozinhando e cuidando da cozinha. Por isso, e por um jogo de gestos que nos diferenciava dos meninos, ela devia estar chegando à conclusão de que eu não era de fato Nino, mas Nina.

— Amanhã cedo partimos — foi o que padre Alceu nos disse tão logo sentou-se à mesa para almoçar.

Então falou para mim, deixando-me tonta, pois fora a primeira vez que me chamara pelo meu nome de mulher na frente de outra pessoa:

— E você, Nina, aproveite para se despedir da cidade.

Carolina ensaiou um meio sorriso, como se confirmasse algo em seu íntimo.

— Vamos ficar algum tempo fora.

— E eu? — ela perguntou.

Padre Alceu deu de ombros, olhos baixos.

Saímos ainda sem o sol nascer. Dia escuro com nuvens.

— Levem duas ou três mudas, pouca coisa — ele nos disse enquanto tomávamos um café apressado.

— Teremos de ir a pé, pois em ônibus eles vão encontrar Carolina.

Aprendi desde uns anos atrás que, sempre que o padre usava "eles", referia-se à polícia. Tirei o que ainda havia na mesa, joguei na pia, fui pegar minhas roupas e antevi o inevitável: eu só tinha vestes eclesiásticas de coroinha para levar na viagem. Desde que eu me lembrava, aquela era a roupa que protegeria meu segredo dos outros, que me manteria como Nino, distante da proibição do arcebispado. Eu a vestira todos os dias desde quando começara a andar, eu acho. Era como se eu tivesse passado 14 anos existindo apenas como coroinha, jamais como menino ou menina, pois aquilo não me era permitido.

Em meu armário havia pouco menos de uma dúzia de vestes. Cheirei uma a uma. Havia uma ou duas para cada época do ano: Quaresma, Natal, Pentecostes, São João, Todos os Santos. Nenhuma delas tinha o cheiro de banho que Carolina tinha. Senti uma mão fina sobre meu ombro. Quando me virei, vi que era ela.

— Tome — disse, oferecendo-me três vestidos. — Não me servem mais, e você vai precisar. A não ser que queira andar debaixo desse sol de doido usando essas roupas quentes de coroinha.

Sorrimos. Eu me senti cúmplice de uma feminilidade que jamais havia experimentado e tive ânsia de abraçá-la. Quando o fiz, ela igualmente envolveu os braços em torno de mim. Senti-a irmã, aquela que nunca tive. Foi esquisito receber um abraço, mas gostei.

— Quer ajuda com as suas roupas? — perguntei, mas ela negou com a mão, espalmando tranquilidades: aquilo não seria necessário, já que levaríamos tão pouca coisa.

O vidro de alfazema que eu ganhara do padre de aniversário alguns anos antes já tinha terminado há muito tempo, eu só o guardava como recordação oca de um cheiro que um dia eu gostei de ostentar. Não o levaria. Igualmente não precisava dos panos de que as meninas da minha idade em geral necessitavam, pois ainda não era moça. Fiquei assustada ao perceber que minha vida se resumia àquilo: três vestidos de pano fino florido doados por uma mulher que conhecera poucas horas antes, minhas duas calcinhas e uma escova de dentes. Coloquei tudo em um saco de pano grosso, mas escolhi um dos vestidos, o amarelo, e o coloquei. Joguei em outro saco todo o sal de que dispúnhamos, coloquei os peixes remanescentes da véspera lá dentro e amarrei bem amarrado. Peguei um cordão de fibra de coco que eu trançara, pendurei nele meu Jesus preto e o coloquei no pescoço, só que virado para trás. Como os relicários que eu sempre via as moças de bem usarem: aquilo servia tanto para imitá-las quanto para escondê-lo dos olhares dos outros, pois ficaria por baixo do pano fino de meu vestido.

Ocultar, meu maior aprendizado desde sempre.

Carolina separou um pouco mais de roupas que eu, dado o seu estado. Amarfanhou tudo em uma mochila amarela com uma marca da moda. Agora nós trocávamos olhares cúmplices, o que era bastante divertido. Quando ela me viu com o vestido, arregalou surpresas e sorrisos, olhos de alto a baixo, mas não disse palavra. Já o cenho do padre enrugou-se com a novidade da amarelice de meu vestido. Ele também preferiu não dizer nada, mas por outros motivos. Apenas pela primeira vez me olhou como alguém que tem o direito de um dia usar um vestido, o que deve ter sido um susto para ele, tão apegado a certezas. Levava um farnel com alguns pedaços de carne e um saco de pano grosso como o meu, e resolveu manter o uso da batina. Começamos nossa caminhada em silêncio. O padre e Carolina eram vigiados por mim, que seguia no fim da fila. Eu não sabia por que aquela moça grávida fugia da polícia, mas confiei em padre Alceu e permaneci calada, sem perguntas. Gostava de Carolina.

Pela última vez em minha vida, eu ouviria o zurro desesperado do jegue faminto apeado em frente à delegacia da cidade pobre onde eu morara até os meus 14 anos.

Formigas

Saímos pelas ruas menos concorridas de Riacho da Jacobina, coisa que teríamos de fazer ao longo de toda a viagem, tomando estradas vicinais, de acordo com padre Alceu. Eu não compreendia a razão, mas obedecia por costume. Indo atrás daqueles dois, eu brincava de imitá-los na forma de andar. Padre Alceu caminhava como quem rema uma embarcação em um oceano de lama, com um andar dificultoso e claudicante, quem sabe por causa da batina, que jamais foi uma veste ideal para caminhadas como a que iríamos fazer.

Já Carolina caminhava como toda grávida em fim de linha, um tanto desengonçada, pés voltados para fora como o personagem de um velho desenho animado que eu vira quando o governo afirmava querer trazer cultura para todos e passava cinema na praça, projetando imagens desfocadas na parede mal caiada da Matriz. Ambos caminhavam arrastando os pés, o que fabricava uma nuvem de poeira.

De minha parte, eu estava bem descansada e bem disposta, só transpirava bastante, o que fazia o tecido fino do vestido às vezes grudar-se em meu corpo, revelando porções dele que eu não gostava de imaginar expostas, caso existisse alguém ali olhando para nós. Mas como eles não me viam no fim da fila e estávamos sozinhos naquela trilha, aquilo não representou problema.

O Jesus preto, pendurado entre meus ombros, recebia um banho de suor, coitado. O dia esquentara e o sol pinava devagar, obrigando cobras, escorpiões e lagartos a se esconder em buracos e em qualquer coisa que fizesse uma nesga que fosse de sombra. Caminhávamos em silêncio para economizar fôlego.

— Preciso parar um pouco — Carolina decretou, arfante, e sem nos esperar, agachou-se e sentou-se num pedaço de terra nua. — Não sei vocês, mas eu não aguento.

Padre Alceu concordou com a cabeça e foi procurar um arbusto distante para urinar. Eu me sentei ao lado de Carolina.

— Tudo bem aí? — perguntei, mais puxando assunto que interessada no bem-estar da moça.

Ela balançou afirmativamente a cabeça, abanando-se com um lenço de cabeça antes de responder:

— Aqui não bate vento?

Expliquei-lhe que tinha horas do dia que o vento saía para se distrair e a nós só restava esperar por sua volta, de preferência abrigados em uma sombra.

— Um escritor já disse que o clima aqui é para os fortes — pontuei.

Ela sorriu, disse-me que conhecia muitos livros desse escritor e me perguntou se eu me considerava forte. Tenho minhas fraquezas, pensei. Sou uma quase mulher em um lugar onde as regras masculinas são muito inflexíveis com relação ao sexo oposto ao deles. Sempre aprendi que ser mulher era, acima de tudo, estar abaixo do homem, embora secretamente jamais houvesse concordado com isso, e nem moça eu era. Uma menina moça, era como me chamariam se soubessem de tudo: menina moça. Um meio do caminho, nem menina nem moça, nem uma coisa nem outra, algo a que eu me acostumara a ser desde que me lembro. Afinal, eu não era nem Nino nem Nina. Era um coroinha, um ser desprovido de sexo ou de desejo. Jamais namorei, nunca beijei ou fui beijada por ninguém. Se, por um lado, ser essa pessoa situada entre dois universos podia ser desconfortável para mim, também me fortalecera, pois era difícil transitar entre tantos mundos e tantas formas de enxergá-lo.

— Forte, eu sou — respondi, para, em seguida, devolver o desafio. — E você? Você é uma forte ou uma fraca?

Ela pode até ter imaginado que eu fosse fazer a mesma pergunta, mas duvidou disso, tanto que foi pega de surpresa. Entretanto, diferente de mim, ela respondeu quase de pronto, alisando a barriga:

— Forte. Quem carrega o tanto que eu carrego na barriga precisa ser uma forte.

Perguntei-lhe se sabia quem era o pai. Ela apenas sacudiu afirmativamente a cabeça, mas não quis dizer o nome dele. Em vez disso, levantou-se com dificuldade e perscrutou o horizonte largo e seco, afastando-se de mim.

— Acho melhor não andarmos tanto fora de estradas — sugeriu o padre enquanto voltava do seu alívio. — Se continuarmos assim, Carolina não vai dar conta.

A mulher ainda argumentou que ela teria todas as condições e tal, mas o padre não tirou aquilo da cabeça: ela não estava em condições de negociar, ele se responsabilizara por ela e, portanto, vamos para lá, disse, apontando para uma serra ao longe que era muito parecida com duas tetas penduradas, só que viradas para o céu. Por ali havia uma estradinha estadual, ele explicou, coisa pequena que não colocaria em risco o nosso plano de entregar Carolina nas mãos certas.

Aquela serra seria o meu norte durante toda a nossa viagem, mas eu nem desconfiava.

Os dias embolavam-se lentos e, em geral, sem conversa entre nós. Economizávamos o que podíamos de nossos corpos, ainda mais Carolina, no estado que estava. Os peixes que eu tinha salgado mais os charques que o padre carregava serviram bem para nos alimentar. Tínhamos água também, e farinha no farnel do padre. Uma vez ou outra, eu identificava uma folha murcha de mandioca que não fosse brava, cavava com cuidados de meretriz, arrancava umas raízes bem murchas e, à noite, descascava-as e aproveitava a fogueira que era feita para cozinhar tudo. Sempre que esbarrávamos em algum riacho, enchíamos nossa provisão de água e banhávamos o que dava do corpo, desde que não desnudasse o que não devia. A única que só carregava coisas próprias e andava ensimesmada, mais calada que um espelho no escuro, era a moça grávida.

Pelas minhas contas, em três dias alcançamos a estradinha, o que facilitou a vida demais, pois andar em terreno liso e duro rendia mais. O mais curioso é que a serra que se assemelhava às duas tetas parecia se mover. Quanto mais nos aproximávamos dela, mais ela parecia distante. Dois dias antes, quando estávamos ainda andando em terreno de mato livre, ela reinava à nossa frente como uma meta aonde chegar. Agora que chegamos à estrada, ela permanecia como um posto de vigília a nos impedir de desistir.

As noites eram longas para mim, pois eu não conseguia dormir com facilidade, e era no silêncio e no breu que eu ficava em paz e brincava de projetar o cinema da minha vida, como acontecia na parede mal caiada da Matriz de Riacho da Jacobina. Eu tentava me lembrar do início de tudo, do primeiro dia em que cheguei e fui recebida por padre Alceu. Era impossível, pois eu chegara ainda bebê de colo, entregue na casa paroquial pela dona do bordel onde minha mãe trabalhara, como um embrulho indesejado, um dejeto, lixo, algo de que se quer se ver livre.

— A mãe era puta minha, padre, mas era boa moça, vinda de Vargem Seca. O senhor conhece? — deve ter perguntado.

Supostamente padre Alceu me pegara do colo daquela senhora sem falar palavra, misto de atento e inseguro, como devia ser todo cristão que acabasse de pegar uma criança para criar e jamais cuidara de uma. Ele sempre fora um homem de poucas palavras, então deve ter me resgatado do colo daquela quenga e entrado para a casa paroquial mudo, batendo a porta, olhos perscrutando aquele pequeno ser que não falava e que, portanto, era um mistério maior que a origem de Deus, a Santíssima Trindade ou a própria morte.

Ele reservava a maioria das palavras que pronunciava para as missas e para as conversas com os fiéis, as confissões intermináveis das tardes dos dias de semana; de resto, era um homem calado que me criou nos interstícios dos seus próprios silêncios. Comigo, poucas e medidas palavras. Jamais ninguém me disse como eu chegara à casa paroquial, portanto, tudo aquilo não passava de minha imaginação fabulando algo que eu talvez tivesse vivido. Faminta de lembranças que não tinha, como um pecador com saudade do paraíso, eu tentava me recordar da primeira imagem do padre, de eu sendo cuidada por alguém, um sorriso, uma brincadeira, um agrado. Mas eu só me lembrava dos meus 6 ou 8 anos em diante. Antes disso, era como se minha vida tivesse sido um papel em branco.

O padre fazia as carolas revezarem quem me dava comida na boca, quem me mandava tomar banho, quem me ajudava com os deveres de casa e quem ralhava comigo quando eu saía para a rua sem camisa, como eu gostava, afinal, ali fazia calor em mais da metade do ano. Essas eram as imagens esparsas que eu tinha de minha infância, um filme picado em pedaços espalhados no meu chão da memória.

Adormeci amortecida entre as minhas lembranças e os meus esquecimentos.

Amanheceu. Acordamos e recomeçamos a caminhada. Quando o dia já chegava na metade, aquela fome do meio da manhã já esquentava minhas tripas há muito tempo. A estrada fez uma curva, ladeada por uma ravina funda, quando, de modo abrupto, o padre nos mandou sair da via, entrar no mato e ficar abaixadas.

— Fiquem quietas.

Obedecemos. Ele rastejou como um calango até quase a beira da estrada. Curiosa, levantei a cabeça e consegui ver uma Kombi que tinha sido parada pela polícia, que vinha em um Volks preto e branco. Saídos dela, três homens modestamente vestidos, pele semelhante à minha, estavam ajoelhados, braços cruzados atrás da cabeça. A espingarda de um dos polícias era apontada para o grupo. Um dos ajoelhados perguntou alguma coisa, fala baixa que eu não consegui identificar sílaba sequer. O polícia que portava a espingarda deu com a coronha da arma na moleira do homem, que tombou no chão seco, desfalecido como um pano de chão. Abaixei a cabeça: não queria ver o fim daquela história. Sentia medo de, olhando, aquilo ser mais real.

O padre voltou do mesmo jeito, arrastando-se calanguento, só que com um bom punhado de capim seco grudado na batina negra.

— *Blitz*. — disse. — Tem um carro da polícia ali na frente, uns 700 metros para lá. E estão parando quem passa.

Olhou em volta.

— Vamos para lá — completou, apontando para um ponto oposto a onde estavam os homens. — Vamos por lá, onde o mato é mais alto. Mas, até lá, temos que nos arrastar. Você consegue, Carolina?

Antes, eu ainda olhei na direção da *blitz* e vi que aquele homem que levara a coronhada continuava desmaiado, e um fio de sangue empoçava na terra em torno de sua cabeça. Ela tentou, mas, no fim, eu e o padre fomos cada um ajudando a grávida, puxando-a e arrastando seu corpo com a barriga voltada para cima pelo mato ralo.

Houve dois momentos em que o meu braço roçou com o braço do padre, desnudado da batina por conta da situação. Nas duas vezes, eu me lembrei das bolhinhas de sabão escorrendo e da sensação boa que seria se eu fosse como elas. Fechei os olhos e procurei pensar em outras coisas.

Carolina vinha aparentar estar a cada dia mais cansada, coitada. Andava como uma condenada, muitos quilômetros por dia, carregando aquele peso adicional na barriga. Se eu, com 14 anos e magra como sempre fui, estava sentindo os dias, imaginava como uma mulher com 8 meses de gravidez estaria se sentindo.

— Dói estar grávida? — eu lhe perguntei numa noite.

— Dói, mas por outros motivos — ela me respondeu, e titubeou em continuar, como se medisse e buscasse as palavras. — Você fica mais... pesada. Tudo é mais pesado, sabe? Imagina que você sempre se acostumou ao peso do seu corpo quando está mergulhando no rio e, de uma hora pra outra, precisa aguentá-lo fora d'água. A gente fica mais pesada mesmo.

Quando chegamos na região de mato mais alto, cerca de 200 metros depois, o padre levantou-se com cuidado e sinalizou para que fizéssemos o mesmo. A *blitz* já tinha saído da estrada, assim como aquela Kombi, mas, mesmo à distância, eu ainda conseguia ver o corpo do homem abandonado ali mesmo, a poça de sangue escuro já chupada pela Terra, o vento carregando a poeira para cima do cadáver. Eu ainda perguntei ao padre se não seria melhor se nós voltássemos para a estrada e déssemos um enterro cristão para aquele homem, mas ele balançou a cabeça.

— Não quero mais colocar Carolina e essa criança em risco — respondeu, pendurando o farnel no ombro e olhando para o mato alto à frente como se fosse algo a ser decifrado. — Nem você, Nina, quero ver em perigo. Os urubus dão jeito nisso. Vamos chegar ao nosso destino mais tarde do que foi planejado, mas é melhor chegarmos todos vivos. Para isso, seguimos sempre em frente. A partir de agora, estradas, nunca mais.

Ele pegou do chão uma vara mais ou menos do meu tamanho e arrancou os galhos pequenos. Virou as costas e seguiu, abrindo o mato com ela, feito um Moisés do sertão. Eu ainda dei mais uma olhada naquele corpo abandonado no mundo prenhe de poeiras e de silêncios que era o nosso.

Caminhamos muitas horas em mato fechado. No fim da tarde, a barreira de vegetação abruptamente terminou, o que nos desvendou um grande espaço de terra seca e mato baixo. Ao fundo e à esquerda, o sol raspando o horizonte acenava para nós como um farol a definir nossa caminhada. O sol da tarde devia ficar sempre no nosso ombro direito, o padre me ensinara nos primeiros dias de caminhada. A serra que parecia duas tetas invertidas novamente estava à nossa frente, como um guia para a nossa viagem.

Foi um alívio sair daquela prisão de mato alto, com perigo de uma cobra assustada nos morder ou de um bicho bravo qualquer fazer-nos mal. A brisa batia e nos refrescava, embora trouxesse um estranho cheiro de estrume. Forte. Poucos minutos depois do cheiro, escutamos o barulho dos cascos destroçando o silêncio da tarde.

Eram oito cavalos que exalavam um forte cheiro de suor. Em dois deles, havia caronas. Todos homens, com exceção de uma mulher bem gorda que cavalgava sozinha. Usavam óculos escuros debaixo dos chapéus de abas largas de couro, e nenhum tinha a barba feita ou sorria.

Passaram a circular em torno de nós, levantando uma nuvem de poeira seca que ardia a garganta e os olhos. O cheiro do suor dos animais ficou mais acentuado. Eu tremia da cabeça aos pés e abracei Carolina, que se agachou para proteger a barriga. Padre Alceu abriu os braços na quase heroica tentativa de nos proteger daqueles nove homens e daquela mulher que não estavam ali para fazer amizade.

Depois de muitas voltas, todos pararam ao mesmo tempo, como se tivessem planejado. Desmontaram e viraram-se para nós. Era como um picadeiro dos dois ou três circos itinerantes que eu já vira na vida, sendo que nós éramos o centro do espetáculo.

— Tirem os chapéus — ordenou uma voz que não consegui distinguir de onde vinha. — Falar com padre com chapéu na cabeça é sinal de pouco caso com Deus.

Obedeceram. A mulher tinha o cabelo bem louro, dava para ver que era tintura, mas curto, nem encostava no ombro, olhos espremidos como os daquele chinês que vivera alguns anos em Riacho da Jacobina, tão espremidos que não dava para ver a cor. Os homens tinham todos rostos comuns, uns com barba maior, outros com cabelo mais curto, um com brinco, um careca, um com cavanhaque, mas todos com o mesmo olhar impiedoso. Eram amedrontadores. Foi o careca quem disse:

— O que vocês estão fazendo aqui?

— Precisamos seguir viagem. Deixar essa moça num lugar seguro. — padre Alceu respondeu, apontando Carolina.

— Pra onde vocês vão? — perguntou o de cavanhaque.

O padre pensou antes de responder:

— Não posso dizer. Prometi ao bispo que guardaria segredo.

A mulher gargalhou, depois acompanhada pelos outros nove homens e pelo relinchar de alguns cavalos ainda excitados. Eu tremia sob o vestido de tecido fino, torcendo para que eles não percebessem meu medo. Depois das gargalhadas, houve um silêncio, rompido pela mulher gorda:

— Bispo? O que que Deus tem a ver com essa grávida?

— Se ela for virgem, tá carregando outro Jesus — o mais careca retrucou e riu, guinchando como um porco.

Dos nove homens, eu observei que três deles, o careca, o de cavanhaque e o mais barbudo, coçavam lentamente seus sexos por cima das calças ao olharem para mim e para Carolina. O careca chafurdou em seus panos entre as pernas e tirou o pênis para fora. Era parecido com o que eu já vira clandestinamente no banho de padre Alceu, mas era mais gordo, como ele, e estava apontado para mim, e não para o chão. Ele pegou-o com a mão e começou um movimento mecânico de ir e vir com ele entre os dedos, virando-se de frente para mim. Levantei os olhos para o padre, que percebeu minha aflição:

— Deixem a gente ir. Nossa caminhada tem a ver com os desígnios de Deus.

Ele enfatizou a palavra "Deus" e apontou para o alto, como se aquilo fosse diminuir o ímpeto daqueles homens. Carolina chorava baixinho. Eu a abraçava e segurava o choro, como se aquela minha demonstração de frieza pudesse protegê-la de alguma coisa.

— Eu posso deixar vocês irem — pontificou a mulher.

— O problema é que Licurgo, Tramela e Pingué estão pensando em outro destino pra vocês. Pra elas duas.

— O que eles querem? — o padre tentou negociar.

— Me dá a de barriga dez minutos e eu deixo vocês ir — propôs o mais barbudo.

— Eu quero a novinha — completou o careca, com aquilo entre as mãos, que crescia assustadoramente e ultrapassava os limites da pança mole.

Eu engoli em seco. Estávamos perdidos. Carolina calou-se e quedou paralisada como a estátua de Padre Cícero, cuja foto eu vira uma vez quando fui até Juazeiro do Norte para uma reunião de sacerdotes em que falavam menos das atitudes de Deus que das dos homens. Eu tentava aparentar tranquilidade para acalmá-la, mas, como sempre transpirei muito quando estava nervosa, o suor fazia meu vestido colar-se mais ao corpo, o que atiçou ainda mais aqueles homens.

— Não — gritou padre Alceu, braços levantados em cruz como um profeta, o galho que usara para abrir o mato empunhado em uma das mãos. — Ninguém vai ter ninguém aqui. A moça está grávida, quase parindo, e a menina nem moça é.

Aquilo teve um efeito imediato sobre os homens. Um deles fez o sinal da cruz. A gorda virou-se para mim:

— Você não é moça, não?

— Nunca saiu sangue de mim, não, senhora.

— Então — ela disse, ignorando-me, como se eu tivesse desaparecido de suas vistas, e virando-se para o padre —, o que nós ganhamos com isso?

— Em minha cidade, as meninas valem mais — tentou o careca, mas a mulher o ignorou.

— Podemos lhes dar isso — o padre respondeu, jogando o farnel com carne e o resto dos meus peixes salgados no chão seco entre eles. — Carne e peixe secos. É o que temos. Só peço para nos deixarem com a pouca água que nos resta.

Ela caminhou adernando para os lados até o farnel de pano grosso e abaixou-se. Pegou-o, abriu, cheirou e torceu os lábios para baixo antes de sentenciar:

— Eles podem ir. Mas, padre — ela continuou, aproximando-se dele e apontando o indicador não tão grosso quanto o pênis do careca, que o guardara nos panos da calça a mando da gorda —, se eu cruzar com vocês de novo, os meus meninos vão precisar de diversão, e eu vou deixar.

— Os tempos tão difíceis — continuou o careca.

— Puta tá cara, e mulher de bem nem olha pra nossa cara. Afinal, somos bandidos.

— E fedemos! — brincou o de cavanhaque.

Todos riram, inclusive o padre que, depois, sério, aprumou-se para perguntar:

— Então podemos ir?

— Aonde vocês vão? — ela insistiu.

— Já disse. Segredo do bispo. E isso é importante, não posso revelar nosso destino a ninguém.

Ela olhou para cima. Meia dúzia de urubus e dois carcarás sobrevoavam a uns 500 metros de onde estávamos. Na direção onde estava o corpo do homem que levara a coronhada. Urubu é igual a muito homem nesse mundo, não dá ponto sem nó, pensei.

— Em coisa de Deus, eu não gosto de me meter — ela respondeu antes de montar em seu animal e empiná-lo como sinal de poder, sendo imitada pelos demais.

Um dos homens, que ficara o tempo todo calado e usava brincos como os ciganos, antes de montar, aproximou-se de mim, passou a mão espalmada entre as minhas pernas, quase me levantando do chão, e beliscou com força meu peito. Doeu. O padre ainda ensaiou uma reclamação, ô, mas não saiu do seu lugar, nem Carolina. Ninguém podia me defender. Eu estaquei, esperando o pior. Ele me esquadrinhou com os olhos de fogo, pupilas pretas de cigano, aproximou bem o rosto de mim para entrever a fresta entre meu vestido e meu corpo e disse, voz insidiosa, antes de fungar em meu pescoço, tão perto a ponto de eu sentir seu cheiro de tabaco velho:

— Adoro peitinho durinho. Você não me escapa, menina. Toma cuidado.

Olhei para o padre, que fechou os olhos como quem quer redimir os pecados dos outros. Eles partiram numa nuvem de poeira seca que voltou a arranhar a garganta e a arder os olhos. Carolina me abraçou como quem oferece o pouco que tem. Depois, ficamos calados e imóveis até o entardecer, vencidos como as formigas que eu gostava de cercar com fogo quando era criança, e assim ficaríamos até o fim dos tempos, se o padre não nos ordenasse pegar gravetos para esquentar o pouco de água que tínhamos. Perguntei-lhe o que seria cozido naquela água, já que eles tinham levado tudo. Ele apenas sorriu e tirou um pedaço pequeno de carne da dobra da batina.

— Vou ver se acho alguma mandioca para cozinhar junto. Descansem um pouco. Eles não voltam hoje.

Ele voltou com oito frutas vermelhas que eu nunca tinha visto antes na vida.

— São frutas do Candeiro. Podem comer, não são veneno.

Eu jamais tinha ouvido falar em Candeiro.

— Mandacaru. É a mesma coisa. Aprendi nas aulas de Biologia — respondeu Carolina com cara de sabida, perguntando em seguida ao padre, que apresentava arranhões: — O senhor machucou as mãos pra colher?

— Pegar essas frutinhas não é fácil, sem se machucar — respondeu. — Mas comam e guardem as cascas. Vamos cozinhar a carne com elas, comer e descansar. O dia hoje foi...

— Intenso — Carolina respondeu com um riso nervoso.

— Intenso — eu confirmei, rindo com o mesmo nervosismo.

Rimos os três até que o silêncio da noite tomou conta daquele sertão. Ficamos calados, cada um com seus barulhos interiores.

As frutas não tinham gosto ruim, mas também não eram gostosas. Cada um comeu as suas em silêncio. Era o que havia. Esperamos a sopa rala do padre esfriar um pouco para a bebermos da panela mesmo, que ficou passando de mão em mão até acabar. As frutas e aquela sopa rala me amoleceram o corpo, apesar de eu não conseguir tirar da cabeça a imagem daqueles sem-vergonhas se apalpando.

Dormi como as formigas da minha infância.

Cercada pelo perigo.

Candeeiro

A primeira pessoa a descobrir que eu era uma menina foi dona Lia, uma fiel que desde sempre ajudou o padre a cuidar de mim. Ele sempre impedia que qualquer pessoa trocasse minhas fraldas. Era provável que ele o fizesse apressadamente para evitar ver meu corpo feminino, mas houve um dia em que dona Lia por acaso se adiantou a ele e viu a ausência de algo que ela esperava ver entre minhas pernas: eu não era um menino.

— Padre, o Nino... essa criança não tem... não é menino, padre — ela teria dito entre surpresa e divertida.

Sem alternativas, padre Alceu sentou-se e teve uma conversa séria com ela: não quero problemas e quero criá-la para Deus. Dessa porta para fora, ela é Nino e assim permanecerá. Será coroinha quando ficar maior. Por quê? Porque, como a Cúria proíbe coroinhas meninas, a senhora, dona Lia, não pode contar a ninguém esse segredo. Vosmicê me conhece, dona Lia, e sabe que eu não estou criando essa menina com intuitos safados, apenas para Deus. Portanto, posso contar com a sua discrição? Dona Lia aparecia todos os dias nos fundos da casa paroquial lá pelo meio da manhã. Arrumávamos, varríamos e fazíamos o almoço caladas, enquanto o padre deitava-se em seu catre para estudar Deus. A única coisa que escutávamos era o canto das mulheres que batiam roupa nos fiapos de água reunida no remanso da extinta cascatinha do rio Mucugipe. O seu canto era trazido pela brisa preguiçosa daquelas manhãs cheias de canções e temperos.

Eu brincava de imaginar que as donas daquelas vozes eram, em vez de mulheres comuns como dona Lia ou as outras fêmeas da cidade, sereias encantadoras que moravam nas profundezas ocultas do Mucugipe e que cantavam para atrair até seus mundos de desejos abissais os homens desatentos que ainda labutavam nos bananais, nas roças de laranja ou entre as fibras de sisal, que aproveitavam as brisas fracas dos fins de tarde para brincar de balanço.

Quando dona Lia tinha certeza de que estávamos sozinhas na casa paroquial, me chamava de Nina. Eu gostava daquilo, pois aquele era o momento em que eu me sentia eu mesma, sem necessidade de parecer outra coisa que não era. Quando ela me chamava pelo meu nome verdadeiro, eu não me sentia um ser partido ao meio feito as sereias que eu inventava terem o canto trazido pelo vento, mulher e peixe, Nina e Nino. Não. Eu era Venina, Nina, eu, moça quase mulher.

— Nina, venha cá. Quero lhe ensinar a fazer uma carne de sol assada que vai fazer todo mundo babar.

Eu não era especialmente apaixonada por cozinhar, mas aceitava aquelas aulas por pura cumplicidade feminina. Estava aprendendo com dona Lia a fazer qualquer refeição muito bem, mas, alguns meses depois, as minhas aulas foram interrompidas abruptamente por uma viagem de última hora que ela precisou fazer a Salvador. Seu filho Dedé tinha ido estudar lá no ano anterior e desaparecera depois de "uma bobagem, vê se pode participar de passeata em dias como esses", ela dissera antes de se despedir de mim no posto rodoviário do trevo de Riacho da Jacobina.

— Eu volto assim que encontrar meu filho. Enquanto isso, alimente bem o nosso Alceu, que está muito magrinho. Não se esqueça de botar muito coentro, ele adora. E pelo menos uma vez na semana coloque alguma rama de mato pro coitado do jegue da delegacia.

Nunca mais vi dona Lia. Ninguém mais soube dela. Os poucos a quem eu perguntava do seu paradeiro olhavam para os lados, abaixavam o canto dos lábios e abriam os braços para o céu, como se de lá esperassem alguma resposta, pois da terra só viria o silêncio. Chorei quando, enfim, concluí por mim mesma que ela tinha morrido na sua missão de encontrar o próprio filho.

— A senhora conheceu minha mãe? — um dia lhe perguntei.

— Sua mãe era bonita como você — ela me respondeu, sem tirar os olhos do coentro que picava. — Ela dizia que se chamava Marlene, mas nome verdadeiro é coisa incerta para mulheres com a profissão que a sua mãe tinha, Nina. Digo-lhe uma coisa: eu acho que há passados que devemos mantê-los como passado.

— E meu pai?

Ela impacientou-se, jogando o resto do molho de coentro sobre a tábua antes de se virar para mim, suspirosa:

— Seu pai pagou para ter sua mãe, Nina. Ele pagou. Portanto, pode ser qualquer um que tenha se deitado com ela. Acho que ela morreu sem saber quem ele era. Podia ser qualquer um desses homens brutos, lavradores que todo dia atravessam a ponte para trabalhar de raspa a raspa do sol entre os bananais, lanhando a pele nos cabelos finos do sisal ou catando as poucas laranjas miradas que ainda insistem em nascer. Não perca seu tempo pensando nele, seja quem for, pois ele jamais se preocupou com você.

Concordei mudamente para não desagradá-la, mas aquele desejo de conhecer o homem que me engendrara jamais me abandonaria. Minha mãe nem se dera ao trabalho de se perguntar quem poderia ter sido o pai da sua própria filha?, ainda ensaiei perguntar com voz de ausências, mas dona Lia retomara a rama de coentro e seus olhos se apertavam para não errar o fio da faca.

Nas tardes depois das aulas de cozinhar, eu me vestia de coroinha e andava pela cidade tentando entrever alguma semelhança entre mim e os poucos homens com quem eu cruzava na rua. A cor ou o formato dos olhos, do rosto, o sorriso, a boca, as mãos, o jeito de caminhar. Mas tudo o que eu conseguia era ver uma porção de homens e mulheres, alguns deles rostos novos que vinham para uma colheita e depois perdiam-se no mundo grande, indo ou voltando da lavoura, que era o ganha-pão de quase todos ali. Mesmo quando eu pegava a estradinha que seguia para Lavradio e depois para Catacumba das Neves, quando cruzava com alguma carroça ou grupo de tropeiros ou de aventureiros que ainda apostavam em encontrar algum veio de ouro nos intestinos da região, ficava buscando uma suposta semelhança com quem quer que fosse. A única coisa que consegui foi me esquecer de ser filha de homem vivente, embora aquilo permanecesse como um grande mistério para mim, e continuava até aquela noite, depois do encontro com os bandidos chefiados pela loura.

As noites sem lua são as melhores para deixar o pensamento sem rédeas. Eu me deitei no chão seco entre as formigas, que rodeavam minha boca à procura dos restos do sumo das frutas vermelhas do Candeiro, e olhei aquela multidão de estrelas, escutando o ressoar do padre e de Carolina, exaustos. Naqueles momentos, duvidava de quem estava certo: depois da morte, vamos todos para o colo de Deus, conforme o padre sempre dissera, ou viramos estrelas para iluminar o caminho dos outros, como me segredava dona Lia nas nossas aulas de cozinhar, que também eram de viver?

Andamos o dia seguinte inteiro, olhos em busca de qualquer fruta ou raiz que servisse para comer, mas não encontramos nada. De acordo com o padre, a próxima cidade, Baraúna de Santo Antônio, ficava ainda a uns dois dias de andança, considerando o caminhar custoso de Carolina, que ainda sugeriu que voltássemos, afinal, ela estava nos prejudicando, que estava nos sacrificando e achava que não íamos chegar aonde devíamos e que estávamos ali só por sua causa. Eu e o padre apenas emudecemos sem considerar a proposta.

A sorte era que ainda tínhamos um pouco de água, mas eu desconfiava que dali até Baraúna não haveria fio de rio que fosse, ainda mais naquela época de estio avançado. Agora a vegetação em torno de nós era retorcida, sem sinal do verde teimoso das cercanias de Riacho da Jacobina. Os poucos arbustos que resistiam tinham perdido a maioria das folhas, o que os tornava inúteis para um descanso à sombra. Eu olhava para o horizonte e não via nem urubus: éramos só nós três naquele mundão de sol e poeira dali até dois ou — quem sabe? — três dias. O mais estranho era que o que mais me incomodava não era a fome ou a sede, mas a dor no meu peito, provocada pelo beliscão que aquele homem tinha me dado. Era uma dor que não doía só por fora.

— Tá lhe incomodando? — uma vez Carolina perguntou, ao me ver tocar o local com cuidados de aranha bailarina.

— Desde quando aquele cigano me beliscou.

Ela afastou o tecido para analisar o local. Abanou a mão como quem espanta uma mosca.

— Homem tem uma fixação com peito de mulher! Parece até que nunca mamou num.

Rimos baixo para não acordar padre Alceu, que caíra no sono de fraqueza mesmo antes do anoitecer, pois desde a sopa rala da noite anterior, não botávamos nada sólido na boca. Eu tinha sede, mas achei por bem economizar. Tínhamos pouca.

Dormi de fraqueza. Acordei com o sol mais alto que de costume. O padre não estava por perto, mas Carolina permanecia dormindo. Ela devia estar fraca, dada sua situação, nossa andação e a falta de comida. Decidi deixá-la quieta e fiquei esperando o padre, que voltou antes do seu corpo, pois foi antecedido pelo cheiro de falta de banho de uma pessoa que já estava há mais de três dias caminhando dentro da mesma batina. Fiquei imaginando se eu emanava o mesmo cheiro e não o estava percebendo em mim mesma. O dele era um odor ácido de homem, pouco agradável. Chegou com seu andar de ancião remando suas lamas imaginárias e já transpirava bastante. O sol estalava e o dia prometia ser mais quente que o anterior. Quando me levantei para seguirmos, fiquei um pouco tonta e tive que pedir ao padre que me segurasse. Ele me perguntou se eu estava bem. Eu abanei o ar sem saber o que responder. Caminhamos com o mesmo silêncio de sempre. À falta de palavras, eu e Carolina às vezes trocávamos olhares com que supostamente conseguíamos nos comunicar, mas não passava de um subterfúgio para que os pensamentos fugissem daquele mundo que parecia repentista de pouco talento, que só conseguia armar verso sem variar rima.

Eu já me cansara de imitar o modo dos dois caminharem, assim como me aborrecia ter de andar de raspa a raspa do céu com poucos descansos sob a desculpa de que teríamos de chegar o mais cedo possível. Já me desanimara de dormir por exaustão com formigas graúdas caminhando em meu rosto à procura de algum resto de qualquer coisa em torno dos lábios. Duas ou três vezes, peguei aquelas formigas e as meti na boca, mastigando-as avidamente. Desanimei de comer mais, pois tinham gosto azedo.

Havia noites em que, com o manto escuro por cima de mim e o silêncio à volta, meus pensamentos não me deixavam dormir e me levavam a uma só conclusão: aquela viagem não tinha volta, pois padre que abandona paróquia é feito aqueles antigos cavaleiros que perdem o mestre e ficam vagando pelo mundo feito almas penadas. Padre Alceu me parecia isso: alguém que buscava um Deus nos pequenos gestos perdidos e nos sentimentos alheios, só que eles só existiam na imaginação dele, pois as coisas do mundo, como os bandidos com quem nos encontramos, não continham nem uma fagulha que fosse de Deus.

— Deus existe mesmo, padre? — eu perguntei no quarto dia, quando estávamos com fome e quase nenhuma água, a um dia de Baraúna.

Ele ainda caminhou um bom pedaço calado, olhos colados no horizonte e na serra das duas tetas invertidas à frente, antes de responder, desviando os olhos para os dois lados, voz rouca de garganta seca de quem está economizando o pouco de água para quem de direito:

— Aqui não existe nada, Nina. Aqui só existimos nós.

Eu desconfio que Deus seja como uma estação de rádio: tem lugar que não pega, que só dá estática.

Aqui Deus não pega, confirmei para mim mesma.

Então, de nada valem as orações que ele fazia toda manhã?

— Fazem parte do meu cotidiano há muitos anos. Costume. Ainda acredito que sirvam para alguma coisa. Mas vamos economizar conversa.

Foi a última vez que ele disse alguma coisa naquela manhã. Permaneceu mudo feito um homem marcado para morrer, que fica a remoer a própria vida como um filme a reprisar seguidamente. À tarde, do nada, caiu no chão, esborrachando-se feito uma manga cercada de moscas, de tão madura. Eu e Carolina nos apressamos para acudi-lo. Ela sentou-se no chão e o deitou em suas pernas. Ele não acordava, respiração quase ausente feito a brisa que não batia fazia horas. Seus lábios, tanto quanto os nossos, estavam secos. O de baixo tinha uma ranhura cor de sangue. Pegamos o meio dedo que sobrava de água e o deitamos em sua boca. Eu peguei um dos meus vestidos e o estendi sobre o corpo dele como uma barraca, para abrigá-lo do sol daquela tarde que ainda castigava.

Eu e Carolina não falamos nada, mas estávamos com medo. Se o padre morresse, seríamos só nós duas naquele mundo sem mapas, só longitudes, do qual aprendemos que tão somente nos ofereceria homens, poeira e silêncios. Se ele morresse, só eu saberia nos guiar: antes do meio-dia, sol no ombro esquerdo. Depois disso, no direito. A serra das duas tetas sempre à frente.

Precisava ensinar isso a Carolina, pensei.

A tarde alongou sombras e o sol arrefeceu, junto com o calor. Um sopro de chuvisco até arriscou cair, ensaiando esfriar a tarde, mas recuou, acuado pelo mormaço acumulado do dia. Já era quase noite quando o padre acordou. Estava mais fresco. Olhou em volta com o olhar perdido dos desmaiados e disse com a voz mais rouca:

— Não está certo. Eu que devia cuidar de vocês.

Pedi que ele descansasse e rezei sem palavras que gastassem o pouco de energia que eu tinha para que algum milagre acontecesse e, no dia seguinte, conseguíssemos chegar vivos a Baraúna de Santo Antônio.
Fomos dormir, os três, com fome e sede. Mas antes de pegar no sono, puxei meu Jesus preto e conversei com ele em pensamento. Aquilo me acalmou um tanto necessário para eu conseguir dormir.

Eu já tinha visto muitos homens da minha cidade montando nas mulheres que ganhavam a vida como a minha mãe. Engalfinhavam-se atrás de uma carroça, num bambuzal, entre os pés de siriguela ou num celeiro velho, naquele sacode de corpos, até que os homens saíam enfiando camisas dentro dos cós das calças e amassando no crânio o cabelo suado, satisfeitos, e elas, limpando-se com a barra da saia e contando as cédulas poucas, pernas escorrendo abandonos e olhos baixos, satisfeitas por terem arrumado cliente naquela cidade com tão poucos homens desde que a maioria saiu para construir a capital do país e nunca mais voltou.

Naquele início de manhã, sol escondido, sem beber água desde a antevéspera e sem comer há três dias, eu despertei, mas mantive os olhos fechados e, movida por uma vontade que era novidade para mim, me imaginei seguindo os caminhos de minha mãe e vendendo o que eu tinha para ser vendido. Meu cliente, eu fabulava, podia ser qualquer homem, mas todos tinham o cheiro masculino que eu mais conhecia desde que me conheço como pessoa: o odor de padre Alceu.

Aquela divagação aos poucos me deixou de um jeito que não me lembro de ter estado até então: umidades inesperadas brotaram em lugares desde sempre ensinados como proibidos. Minha respiração tinha pressa, assim como todo meu corpo, uma afobação que eu desconhecia e que me provocava um misto de medo e de prazer. De olhos fechados para a manhã inacabada, não percebi que minhas mãos desciam pelo corpo, alojando--se como conchas na fonte daquela avidez desenfreada. Um cheiro que eu vinha sentindo em mim cada dia mais forte agora invadia minhas narinas como cavalos suados tropeçando nas próprias patas, atabalhoando certezas e fazendo aumentar ainda mais a pressão impermitida que aquela concha fazia entre as minhas pernas.

Aos poucos, senti que, ao me lembrar daqueles homens e mulheres montando-se nos lugares mais ocultos de minha cidade, mesmo que involuntária e inabilmente, meu corpo repetia a mesma movimentação tantas vezes vista, cada vez com mais pressa, como uma cobra solitária revoluteando-se naquela terra abdicada pelo mundo. Uma urgência subiu de minhas pernas e me tomou, invasora feito as moscas no meu mosquiteiro de dormir. Aquilo foi crescendo e eu fui cada vez mais perdendo o controle, até que, em pouco tempo, uma explosão que parecia ser feita exclusivamente de luz repôs tudo em seus lugares: respiração pausada, umidades retrocedidas, corpo repousado. Paz.

Jamais havia sentido aquilo e não sabia o que tinha acontecido. Respirei fundo e abri os olhos. Carolina estava de olhos fechados, mas sorria.

— Farra boa — apenas sussurrou sem abrir os olhos, mantendo o sorriso.

Tive vergonha de ter sido flagrada, pois achava que tão cedo nenhum dos dois estaria acordado.

— Grávida tem sono leve — ela justificou sua própria indiscrição.

Atônita, busquei o padre com os olhos. Ele estava dormindo pesado. Carolina virou-se de costas para mim.

— Dorme mais um pouco — disse, antes de ajeitar as ancas numa depressão do terreno. — Aproveita que hoje o dia vai ser fresco. Agora você vai ter sono de novo.

Ela acertou. Só me lembro de acordar com uma chuva bem fina cobrindo meu corpo de arrepios, diferentes daqueles que eu sentira na suposta clandestinidade daquela madrugada. Levantei devagar. Carolina limpava as unhas com as próprias unhas, e padre Alceu estava sentado, costas apoiadas num umbuzeiro mais seco que minha boca.

— Precisamos seguir — ele disse. — Eu sei que vocês estão cansadas, mas Deus não vai nos dar água nem comida se nós não sairmos daqui.

Ele inverteu o cantil sobre a mão espalmada. Nem uma gota caiu dele. Carolina levantou-se e começou a caminhar. Boa observadora, já tinha aprendido a direção certa e procurara o sol entre as nuvens brancas, posicionando-o em seu ombro esquerdo.

— Vamos — ela convocou. — Se não, morremos aqui e ninguém vai dar falta.

Padre Alceu ainda estava fraco do desmaio da véspera e aceitou a mão que Carolina ofereceu para que se levantasse. Segui atrás deles, desta vez com Carolina puxando a fila.

Eu já não aguentava minhas pernas. A vontade era me deitar em qualquer chão e esperar a morte chegar. Não me importava. Não ligava se Deus não aprovasse, mas o que eu queria era parar, descansar, dormir e sonhar para sempre o sonho doido daquela manhã que minara a pouca água que ainda havia em meu corpo.

O dia passou rápido. Acho que passei por uma espécie de desmaio em pé, pois quando vi, o manto escuro já se anunciava no horizonte. Quando Carolina parou de andar, entendi que era o sinal para que nos deixássemos ali mesmo, mas eu estava errada. Ela ainda conseguiu levantar o braço e apontar para a luz de um candeeiro que acabava de ser acesa por uma mão de dedos grossos que, em seguida, aproximou-se da boca para soprar o fósforo e apagá-lo.

Não seria aquele o dia de minha morte. Tínhamos achado a nossa salvação.

Perpedigmo

Este era o nome do dono da casa que nos acolheu: Perpedigmo. A casinhola ficava nos fundos de um armazém de sua propriedade, que ficava nos limites da cidade.

— Vocês precisam comer alguma coisa e tomar um banho. Mais ainda o senhor, padre — foi a primeira coisa que disse, abanando o ar, quando nos viu parados feito três 2 de paus no umbral de sua porta, que a casa era humilde, mas recebia bem quem precisasse. — Entrem e aprumem-se.

Perpedigmo era um homem alto e muito magro, desses que se envergam com a idade, como se a compridez do corpo precisasse se adequar ao tamanho médio das coisas do mundo ou à própria compridez do tempo cumprido nesta terra. O cabelo crespo e grande fazia uma circunferência em torno do crânio, o que lhe dobrava o tamanho da cabeçorra, rareava lá em cima e embranquecia por todo lado, figurando no rosto, na barba rala, nas mãos e nos braços as muitas marcas de caminhos já percorridos pela vida, que certamente era bem mais longa que a do padre. Tinha um nariz curvo que lembrava as costas castigadas das carolas de minha cidade e uns olhos esbugalhados, muito pretos e atentos a nós. Afinal, pensei, qualquer um ficaria preocupado com três estranhos que entrassem em sua casa, mesmo convidados pelo dono.

Disse para sentarmos e nos ofereceu uma cuia d'água e copos. Bebemos devagar para não assustar o corpo tanto tempo sem ver água e ter um troço, como ele mesmo sugeriu. Sumiu e voltou pouco depois. Arrastava uma cadeira larga e pesada com espaldar e apoio para os braços, que lembrava o assento eclesiástico da igreja de Riacho da Jacobina, e acenou para Carolina.

— Descanse, moça, enquanto arrumo no poço dos fundos um balde d'água pro padre se banhar. A senhora vai em seguida e por último a menina, viu?

Eu sentia muito sono. A água que eu bebera tinha feito com que meu corpo relaxasse, mesmo ainda faminto. Por isso, as ausências do padre e de Carolina para seus banhos figuraram para mim como numa nuvem em suspensão. Fui despertada por uma mão de dedos grossos no ombro. Eram do dono da casa.

— Sua vez, mocinha.

Ausentada, abri os olhos para me reaperceber do mundo. Padre Alceu cochilava em um canto, cabelos molhados, e Carolina olhava para mim e enrolava os cachos também úmidos em um coque bonito no cimo da cabeça, expressão suave no rosto, o que me fez sentir segurança. Perpedigmo me levantava pela mão e acenava para a direção onde me banharia.

Eu me levantei e tomei banho de modo quase automático, tamanha a fraqueza, gestos impensados em corpo exausto. Tirei a sujeira daqueles dias. Consegui guardar alguns detalhes da lavagem do corpo: mesmo depois de ensaboá-lo e enxugá-lo duas vezes, no meu seio ainda resistia o cheiro daquele homem de brinco que parecia um cigano, que misturava tabaco antigo, estrume de cavalo e falta de banho, embora não sobrasse marca física do beliscão.

Meu cabelo estava seco e empoeirado, o que tornou difícil molhá-lo, ensaboá-lo e enxaguá-lo. Eu estava melada de suor, como se uma casca dos dias passados, contabilizados a custo, tivesse se formado em torno de mim. Quando voltei, me sentia muito melhor, como se leve, cheiro de sabão flutuando à volta, mas não me lembrava como tinha conseguido fazer tanta coisa: esfregar sujeiras, limpar cantos, espalmar superfícies e tocar lugares secretos ou proibidos até para mim, tamanho o meu cansaço e minha fome. O dono da casa revirava nossos pertences sem nenhuma cerimônia.

— Já vi que vocês têm umas mudas sujas de roupa — disse, enquanto separava as peças, tirando-as dos sacos.

— Vou mandar a mulher lavar tudo e esticar. Amanhã vão estar limpas e secas. O vento é mais forte à noite.

Recolheu nossas roupas e sumiu. A única coisa que conseguimos fazer foi silêncio. Qualquer outra demandaria tamanha energia que, no fim, ficamos calados. Aceitamos as decisões do dono da casa.

Adormeci num mundo gasoso, como se estivesse numa nuvem. Voltei a despertar com o barulho de coisas sendo postas sobre a mesa de madeira toscamente ondulada e com o cheiro de carne de sol assada e cebola que dominou o ambiente e me fez lembrar de dona Lia e de nossas tardes culinárias. Tanto tempo assim teria se passado?

— Venham comer — Perpedigmo convocou-nos com sua voz rangida de roda de carroça. — Vou comer junto com vocês, mas a patroa sempre come lá atrás, junto com as outras. Costume nosso.

Sentamo-nos e comemos sem questionar. No início, mastiguei lentamente, abocanhando um a um cada naco macio de carne misturado aos fiapos de cebola, aos nacos de abóbora e à farinha fresca, fazendo a comida descer devagar pela garganta. Mas tão logo a primeira fome foi apascentada, uma vontade loba me fez mastigar rápido, como se pudesse recuperar os dias passados sem ter comido nada. Perpedigmo esclareceu que podíamos repetir, o que animou mais meu ímpeto de devorar aquela carne, de polvilhar minha boca com aquela farinha e de me fartar de comer, até que uma modorra abateu-se sobre meu corpo, que pedia apenas um copo d'água e um lugar para dormir.

— Aconcheguem-se onde der.

Deitei e me cobri com um pano grosso que ele me ofereceu. Carolina deitou-se encostada em mim, o que nos aqueceu mais rapidamente. Meu corpo adormeceu logo, mas curiosamente continuei registrando em minha mente tudo o que acontecia, como se naquele momento eu tivesse me dividido em duas e conseguisse separar meu corpo de meus pensamentos.

O dono do armazém convidou o padre para irem a uma saleta vizinha àquela onde estávamos dormindo.

— Tenho uma pinga que Deus não vai proibir ninguém de experimentar, padre. Abanque-se.

Escutei cadeiras sendo arrastadas no chão de terra batida, um líquido a se derramar, mais uma vez, *gutgut*, silêncio, *ahs* de prazer, novo silêncio. Então dormi profundamente por um período que imaginei terem sido horas, mas, pelo andar do escuro da noite lá fora e do rumo da conversa, concluí que tinham se passado só poucos minutos. Apesar disso, a voz do padre estava mais alta e alegre.

— Deixo as duas lá e depois sigo para Foz da Esperança.

Apesar de permanecer deitada, aquela afirmação me fez despertar, curiosa. Continuei escutando a conversa, que ia e vinha como toda prosa de quem está alcoolizado. O cheiro doce da cachaça chegava fácil ao meu nariz, assim como o da manteiga e da mandioca cozida que, deduzi, fora certamente servida aos dois homens por alguma mão feminina e silenciosa. O padre disse duas vezes o nome da cidade aonde estávamos indo, mas, naquele início de conversa, eu me encontrava tão cansada dos dias de caminhada, de fome e de sede que não guardei de momento. Ele nos deixaria lá e seguiria para a outra cidade, Foz da Esperança, no Ceará, que, segundo ele, era a cidade de seus ancestrais, onde supostamente ainda restavam algumas tias e primas vivas. Os homens, ele completou, como em Riacho da Jacobina e boa parte daquela região, abandonavam suas cidades para tentar a vida em outras bandas. Em geral, não voltavam para pegar os restos.

Foz da Esperança era uma cidade à beira-mar cheia de mulheres, de velhos pescadores, de lendas e de histórias. Havia uma que contava de um oceano ardente enterrado nos subterrâneos do sertão da cidade, coisa de um quilômetro distante da praia. Qualquer um que se aventurasse a cavar o solo ali um, dois dias seguidos, de sol a sol, logo veria uma água salgada como a do mar e quente como a do inferno a jorrar das tripas da Terra. Lá dentro, diziam, morava uma grande cobra d'água chamada Indá que vigiava para que os seus domínios não fossem invadidos pelos homens. A cobra tinha um ferrão do tamanho de um homem, e quem nele encostasse sofreria, graças ao poderoso veneno que dali manava como um pequeno rio de águas espessas, os piores pesadelos vividos por qualquer que fosse em qualquer tempo.

Além disso, enquanto ninguém cavasse o solo de Foz da Esperança, a descendência de seus moradores estaria garantida pela própria fera que habitava o dentro daquele solo, embora aquela terra não fosse lá tão farta de dar coisas de comer, mesmo que bem vermelha fosse, a não ser coco e umas frutinhas vermelhas bem gostosas não batizadas por ninguém, mas aquilo já era pedir demais para um lugar onde morava uma cobra d'água gigante e venenosa e que não devia mesmo carregar nem um pingo de piedade que fosse por qualquer vivente.

Perpedigmo gargalhou com a história do padre, serviu mais cachaça e disse que tinha nascido em Ilunópolis, uma cidade tão pequena quanto Foz da Esperança, só que ficava pros lados de Imperatriz, no Maranhão. Vinha de uma família baiana de pretos letrados no século anterior. Por isso, sabia ler e fazer contas. Sua cidade natal não tinha lendas que valessem a metade das contações do padre, mas havia uma história muito antiga de um pote de ouro que tinha sido trazido da Europa por um comerciante holandês e enterrado nas cercanias do município. Um dia, dizia o povo, surgiria na cidade um criaturo com um rosto antigo e branco como a lua, com os cabelos da cor do sol e com os olhos azuis como o céu. Ele ali se abancaria sem avisar e traria uma pá de aço escovado, já sabedor do local exato onde fincá-la para de lá retirar o tesouro de seu antepassado e levá-lo de volta ao continente europeu, o que livraria aqueles habitantes da maldição da miséria e do descaso e inauguraria um novo tempo de solidariedade e bem-aventurança para a cidade.

Mas, até aquele momento, completou o anfitrião, enchendo novamente os dois copos com cachaça, nenhum homem com aquela descrição pisara naquele fim de mundo, até mesmo porque ele seria objeto de curiosidade e de desejo das mulheres da cidade, tão precisosas de homens desde tanto tempo, quanto mais de um homem que tanto se assemelhasse aos implausíveis príncipes dos contos de fadas dos livros com capa dourada, desde sempre contados nas beiradas das camas das moças daquele desmundo de meu Deus.

E por que vocês seguem para Foz da Esperança?, perguntou Perpedigmo, servindo-os de mais pinga. Não, não vamos a Foz da Esperança, mas para Guaraciúna do Norte. Perto de Mossoró, no Rio Grande do Norte. É lá que vou deixar as duas, a Carolina e a Nina, para depois seguir para a minha cidade, Foz da Esperança. Mas por que tanta andação, homem de Deus, ainda mais metido numa batina quente feito essa?

Mantive os olhos fechados, mas, conhecedora dele, imaginei naquele momento que o padre devia ter olhado para os lados e esticado o soslaio para a janela entreaberta antes de responder titubeante, quem sabe se perguntando se devia contar ou não aquele segredo tão precioso, que levava Carolina, que estava prenha de um homem muito importante, procurado pela polícia e pelo governo. Cadiquê um homem como o presidente, um militar cheio de medalha espetada no peito, quereria ir atrás de uma prenhazinha miúda feito a Carolina, embora bem jeitosa e de traseiro bem desenhado? Eu não lhe disse?, insistiu o padre, Carolina está prenha de um homem que lidera um movimento armado contra o governo dos militares. Eles são subversivos? Assim são chamados, então se o governo captura a Carolina e a criança, fica com Carlos na mão dele. Quem é Carlos, perguntou o anfitrião com a língua embolando sílabas. Carlos é o nome do pai da criança que Carolina leva no bucho. Entendeu? Mais *gutgut*, *ahs* de prazer, e a conversa foi murchando e visitando pequenas obscenidades, ora aceitas ora rechaçadas pelo padre que, no levar das horas, resolveu se levantar, mas já vai agora, preciso dormir, amanhã precisamos seguir viagem.

Ainda fiquei alguns minutos vigiando sons que sugeriam movimentos: passos arrastados no chão de terra, o roçar de uma peça de roupa sendo tirada, um arroto, *aiai*, que delícia descansar o corpo, até que a casinhola, mergulhada no negrume, igualmente submergiu no silêncio daquela noite, eventualmente quebrado por uma coruja perdida à procura de comida.

Despertei com um dia de céu branco já adiantado. O padre dormia ressonando e ainda cheirava aos restos da cachaça da véspera, trazidos por uma brisa fresca que invadia a casa por uma porta aberta para um terreiro onde umas galinhas esquálidas garimpavam o chão de terra. Na cozinha, sentada num antigo tronco de árvore fatiado para se parecer com um banco, ao lado da mesa onde na véspera os dois homens trocaram arrotos, confissões e lembranças e beberam até tarde, Carolina, pernas abertas e lenta como um transatlântico, conversava amabilidades com uma mulher que permanecia de pé feito um vigia, uma rocha arredondada de tudo, cabelo pouco, rosto de índia, pés descalços que pareciam ter se fundido com a terra.

— Inara, ao seu dispor — ela se apresentou a mim quando me viu levantar a cabeça, curvando-se de pouco e mostrando um par de olhos que traziam toda a ternura que faltava àquele corpo.

Perguntei-lhe se era esposa de Perpedigmo.

— Uma delas.

Diante do meu espanto, explicou:

— Sou a terceira mulher dele aqui em Baraúna de Santo Antônio. Meu marido conta que descende dos malês, sei lá o que é isso. Também não sei se é verdade. Por causa disso, diz que pode ter mais de uma esposa.

O padre daqui sabe de todas, mas não diz nada, diz que cada um sabe a que Deus deve se dirigir.

Acabou de falar e mordeu os lábios, como se sob um peso imensurável de impossibilidades, e então curvou sua redondez numa resignação pétrea. Um sanhaço apitou lá fora, tirando-a de um transe que talvez a tivesse transportado para um mundo em que homens se casassem apenas com uma mulher de cada vez. Deu dois tapas no tampo torto da mesa.

— Venha comer alguma coisa, menina. Fiz cuscuz e tem café preto.

Obedeci. O café estava mais forte do que eu estava acostumada, e o cuscuz era muito bom. Depois do falatório inicial, Inara mostrou-se mulher de poucas sílabas, tanto que puxei outros assuntos e ela cuidadosamente concluiu cada um.

— Estou cansada — Carolina me confessou num sussurro, tão logo engoliu seu cuscuz. — Acho melhor vocês irem e eu ficar mais um pouco aqui, descansando.

Embora eu também preferisse ficar ali uns bons dias, o padre certamente diria que tínhamos de partir, que estávamos com pressa. Então respondi que aquele não era o plano do padre, que queria seguir viagem ainda naquele dia. No espaço do suspiro longo de Carolina e do meu pensar lento de quem acabou de acordar, Inara saiu para o terreiro e voltou correndo com um punhado de bolinhas bem miúdas e amarronzadas. Abriu a mão de Carolina e depositou-as ali.

— Engula sem mastigar, se mastigar vai amargar sua alma. Mas vai lhe dar força para seguir viagem com esse homem que gosta de contar as histórias do Deus dele.

A terceira mulher de Perpedigmo encheu a caneca de café de Carolina e insistiu para que engolisse as bolinhas. Ela cumpriu mudamente a ordem, deixando escapar um aperto de olhos que denunciou o amargor na boca prometido por Inara.

— Dom Perpedigmo me pediu que preparasse um farnel para vocês seguirem viagem. Fiz dois, para facilitar de carregar e dividir o peso. Estão lá na frente do armazém, depois vou buscar. Tem carne de sol, farinha e umas siriguelas que eu consegui colher aqui e ali. E água, claro.

— Bondade sua e de Perpedigmo — disse o padre, denunciando que despertara. — Obrigado.

Ela apenas se curvou como um granito cedendo arestas à insistência milenar dos ventos. Enquanto padre Alceu tomava seu café e se preparava para a partida, ainda vi Perpedigmo à distância dando ordens mudas a Inara, que apenas curvava sua redondeza consumada para frente e para trás, olhos baixos mirando o chão de terra.

Naquele momento, desejei não ter que partir. Já estava exausta de acordar com o sol ou o sereno no rosto, e desejava mais algumas noites de descanso, dormidas sob um teto qualquer, desde que não fosse aquele forrado de estrelas e de nuvens. E se nós nos encontrássemos novamente com aqueles bandoleiros? Além disso, eu sentia que coisas ainda desconhecidas estavam acontecendo comigo, e eu não sabia como reagir a elas, não fora ensinada a lidar com isso.

Um menino que parecia ser um pouco mais velho que eu trabalhava para Perpedigmo. Notei sua existência quando observei o movimento dos poucos fregueses do armazém, que ficava depois do corredor estreito cercado por prateleiras onde uma miríade de produtos se amontoava e tentava manter-se longe do chão e das saúvas famintas. Eu e aquele menino trocamos olhares que aqueceram algumas partes minhas que em geral viviam adormecidas. Ele era alto, pele amorenada de sol, cabelos pretos encaracolados e sorria sempre um sorriso muito vistoso de dentes brancos. Quando me via, recolhia o sorriso no mesmo instante em que eu suspirava junto com ele, olhos travados em mim. Depois, comportava-se como se não me tivesse visto e continuava na lida. Fiquei esticando pescoços e suspirando imaginações até ser surpreendida por Inara.

— Zé Sebastião é o nome dele. Dizem que é filho de Dom com alguma maria indevida, mas ninguém confirma. Não se engrace ou vai pagar com o coração, pois o menino, além de jeitoso, é bom de alma. E você precisa seguir viagem sem nada a lhe amordaçar os sentimentos.

A manhã avançou sem que partíssemos, pois o padre e Dom Perpedigmo trancavam-se toda hora na saleta anexa e cochichavam. O passar das horas motivou Inara a decretar:

— Almocem antes de pegar a estrada. Já tarda e eu tenho carne e mandioca prontas para servir. Comam e saiam — decretou, antes de virar o corpanzil com uma agilidade inimaginável, abrir a porta da saleta e, sem muita cerimônia com as visitas, chamar o marido para a mesa.

Todos comeram em silêncio: Perpedigmo e Inara, o padre, Carolina, eu e Zé Sebastião, cujos olhares dividiam-se envergonhados entre mim e a tigela de mandiocas cozidas que fumegavam à nossa frente. O sorriso não lhe saía do rosto, o mesmo acontecendo comigo. No fim da refeição, ajudei Inara a levar a louça e as panelas para a cozinha lá fora.

— Eu lavo. Vocês peguem logo sua trilha — disse, espalmando minha testa como quem abençoa quem vai passar por uma provação.

Partimos com os dois farnéis de provimentos e de água, preparados por aquela mulher que me parecia amalgamada à terra onde pisava. Aquela seria a primeira e a única vez que eu veria Inara, mas algo me dizia que ainda voltaria a ver Perpedigmo.

Lucro

Desde quando eu aprendi a falar, passei a usar vestes eclesiásticas. Elas ocultavam o que devia e indicavam a todos da cidade qual seria o meu futuro. Com elas, a pessoa virava coisa ou função: um coroinha servia ao personagem principal da missa — o padre. Papel secundário. Por isso eu usava aquela roupa: com ela eu parecia invisível, e ninguém descobriria o meu segredo.

— Padre Alceu, Nino está fazendo o quê? — certo dia indagou um dos meninos da cidade, suores brotando do ensaio de buço que emoldurava a boca de lábios grossos.

— Nada — o religioso respondeu, distraído e sem maldade, enquanto colava as páginas soltas dos missários desfeitos pelo tempo. — Por mim, Nino está liberado por hoje.

— Então ele pode ir com a gente tomar banho de rio?

Eu tinha 12 anos e já espiava os meninos com outra percepção. Olhos mais atentos aos músculos das pernas, dos braços, aos sorrisos, à graça das mãos espalmadas, das omoplatas contraídas e das costas arqueadas. Aquilo me deixava estranhamente fora de mim, e por isso não queria ir com eles.

— Eu acho que não teria problema de Nino ir com vocês — sentenciou o padre com um meio sorriso para mim que não consegui decifrar se ali havia inocência ou zombaria.

Depois de alguns segundos de hesitação, nos quais pensei que seria difícil vê-los e manter-me impassível, concordei em ir, mas lhes avisei de antemão, com a voz grossa que ensaiara por toda a vida, que não mergulharia, pois, aleguei, tinha medo da correnteza e achava aquela água muito fria.

O padre me colocara numa situação difícil. O que me restava era aceitar o convite como dano calculado. Eles ainda insistiram que o remanso não representava perigo e que a temperatura da água era perfeita para o calor que fazia naqueles dias de verão, mas eu voltei a impor a minha condição de apenas acompanhá-los. Sem mergulhos. Era pegar ou largar.

— Então vem.

Segui com eles, reticente. Muitos tapinhas amistosos nas costas, sementes de piadas masculinas e implicâncias depois, chegamos ao lago do remanso formado pelo Mucugipe. A água era tão transparente que eu conseguia ver nítidos os seixos arestosos que cobriam seu leito.

Os meninos tiraram as roupas e, completamente pelados, ficaram se empurrando uns aos outros, implicando com isso ou aquilo, o tamanho, o formato, a cor. Alguns, aparentemente mais velhos, contavam vantagem de já terem se deitado com mulher, universo que a maioria humildemente confessava desconhecer.

Tonta com o explícito da cena, me sentei perto de uma pedra comprida que murava parte do lago. Espanto e fascínio me imobilizavam ali, de pernas cruzadas, que tremiam, e de respiração ofegante que, graças à frouxidão da roupa eclesiástica, não era percebida por nenhum deles. A transparência da água do Mucugipe me deixava ver detalhes de seus corpos dentro d'água, livres e em movimento, o que piorava a minha situação e diminuía o meu autocontrole. O suor escorria de cada poro de meu corpo, que se agitava com aquela visão. Como eram lindos! Seus corpos eram diferentes do padre, mais velho e caído, observei, que já havia visto em outros banhos. Senti vergonha do brilho que eu percebi brotar de meus olhos e temi ser descoberta. O que me ocultava era a distância e a minha roupa. Eu não poderia me trair, sob o risco de decifrarem meu segredo ou, talvez pior, de eu ficar com a fama de ser o maricas da cidade. Não havia chance de haver um coroinha maricas em Riacho da Jacobina!

— Cai também, Nino. A água tá boa e você tá todo suado!

Eu acenava frouxamente que não e me encasulava naquela veste que era minha proteção, a casca do caramujo, o exoesqueleto do besouro, o solo duro da cidade do padre, que abrigava um monstro incontrolável e um oceano de fervores infernais e pecados indizíveis.

— Deixa de ser bobo!

Eu então fechava os olhos e imaginava a nave da Matriz de Riacho da Jacobina: os oito santos dispostos, quatro de cada lado; à direita, Santo Antônio, São José, Santa Bernadete e Santo Expedito; à esquerda, Santa Bárbara, Nossa Senhora da Conceição, São João e São Sebastião. As fileiras de velas sob cada imagem, que vertiam camadas de ceras derretidas como que pequenos e leitosos sangramentos acumulados dos dias, o que um dia já me fez crer que o sangue dos santos tinha a mesma cor das velas; os bancos vencidos pelo tempo, que rangiam sua ancestralidade de esquecimentos sob o peso dos fiéis; e o altar, três degraus acima, construído com pau-ferro para durar a mesma eternidade prometida pelas Escrituras para a vida após a morte.

A lembrança da Matriz afastava meus pensamentos dos músculos e das porções masculinas que se exibiam à minha frente, dos dorsos que saltavam e voltavam a mergulhar como protótipos de botos encantatórios, das pernas, dos pelos que já nasciam e chamavam minha atenção pelo misto de mistério e de promessas tremessentidas em meu corpo e que me endereçavam para longe do que eu chamava de sagrado.

Respirei fundo algumas vezes e fechei os olhos. Mais calma, com a alma distante e a vista no horizonte impossível de uma serra que se parecia com duas tetas invertidas, eu consegui acalmar meus suores, apascentar minhas vontades e permanecer mais tranquila.

— Como foi com os meninos no rio? — foi a pergunta do padre durante o jantar daquela mesma noite.

Pela primeira vez abertamente eu gaguejei-lhe minhas aflições e minhas sensações e confessei-lhe coisas que julgava sujas se saídas da boca de uma mulher.

— Não se apoquente. Isso é normal. Você está na puberdade, Nina, e isso explica tudo.

Aquilo foi uma revelação para mim. Puberdade, pensei, que som lindo aquela palavra tinha. Era a primeira vez que a ouvia. Antes de dormir, fui procurá-la na enciclopédia do padre Alceu, certa de que ele já dormira, e então compreendi o que ele quis dizer: eu não precisava me sentir suja ou errada. Aqueles estranhos tremessentimentos advinham dos tais hormônios, e eu estava mergulhada neles, na puberdade, afogava-me neles e nela, o que explicava aqueles pelos que nasciam onde tudo antes era liso, aqueles cheiros que inauguravam minha atenção para lugares que desde sempre passavam quase como invisíveis ou inexistentes para mim e aquelas sensações despertadas por pedaços de corpos masculinos entrevistos em frestas reveladoras, em banhos de rio, banhos de balde ou em simples trocas de roupa.

O importante foi que, a partir daquele dia, passei a me culpar menos, atribuindo meus pecados em pensamento aos hormônios e à puberdade, minha mais recente companheira inseparável.

Eu também não gostava de ir com os meninos ao rio porque eu tinha mais ciência para afundar do que para boiar. Eu os invejava flutuando, corpos relaxados, enquanto eu me imaginava ali, mesmo que menino fosse e, portanto, pudesse me mostrar, afundando feito um pedregulho sem jeito, um jegue jovem entre cristais. Invejava aquela estranha arte de flutuar que eles exibiam e que ajudava a me fazer sentir ainda mais diferente deles. Tinha tardes que eu ia sozinha à beira do Mucugipe e ficava ali quieta, olhando o arco do sol no céu e observando as folhas caídas das árvores que o margeavam nas águas nervosas do rio: leves como pluma, flutuavam como as naus a vela no mar encapelado que eu via nas ilustrações dos livros de aventura que lera da estante do padre.

    Caminhamos toda aquela tarde até noite alta. Abancamos num ponto de ônibus abandonado em estado lastimável no qual conseguia-se ler um "Quem planta confiança colhe progresso!" embaçado pelos dias, mas que, em contrapartida, ainda mantinha um telheiro que nos protegeria pelo menos um pouco do sereno que flutuaria durante boa parte da madrugada.

No dia seguinte, Carolina reclamou bastante de dores, o que nos fez ralentar o caminhar. Também o dia abafado e o nosso cansaço tinham ajudado a nos fazer percorrer parca distância naquele dia. Apesar da vegetação à volta, não encontrávamos nada comestível. Pouco antes do pôr do sol, deitamos campa num círculo de terra mais macia à beira da estradinha de terra e comemos mudos um pouco do que Perpedigmo havia dado a nós, como calados permanecemos naqueles dois dias depois que abandonamos o conforto oferecido pelo dono do armazém de Baraúna de Santo Antônio. Acho que os três, se permitido fosse, confessariam exaustos que, sim, preferiam ter ficado mais um dia ou dois comendo as delícias de Inara e dormindo sob um teto seguro e aquecido. Mas nenhum de nós ousou.

O padre e Carolina dormiram quase tão logo se deitaram na terra macia, mas eu fiquei acordada e encolhida, incomodada pelo frio e por um pressentimento ruim que tivera desde a véspera. O pressentimento confirmou-se em um som distante de cavalgar, que, avançando lentamente, trotou e cessou não tão distante de onde estávamos. A ausência da lua não me permitia ver quem tinha chegado, mas meus ouvidos escutaram atentamente o som de passos que se aproximavam de nós. Pelo arrastar dos pés, era apenas uma pessoa. Eu estava longe demais do padre para alertá-lo sem chamar a atenção do invasor, por isso fiquei paralisada. Acercou-se lentamente até estar a poucos passos de mim. Eu não me atrevi a abrir os olhos, morta de medo de ser descoberta ali acordada. O vulto aproximou-se de Carolina até certificar-se de que era mesmo ela.

— Acorda — sussurrou.

Voltou a cutucar Carolina, que acabou despertando.

— O que você quer?

— Só prosear, mas fale baixo. Não quero acordar o padre. Venha comigo.

Eu já reconhecera a voz do viajante inesperado. Perpedigmo falava muito baixo, mas um marcante ronco de anos de fumo de rolo tornava fácil a tarefa de identificar a sua voz. Eu passei a olhar tudo pela cortina das pestanas, sem abrir os olhos. Carolina levantou-se e os dois se afastaram poucos metros, insuficientes para me impedir de escutar a conversa. Perpedigmo trajava a mesma roupa de dois dias antes e carregava uma peixeira de abrir mato no cinto.

— Vamos falar sério — ele começou, apoiando a mão no cabo da peixeira. — Eu sei por que vocês estão nessa caminhada de doidos dentro do sertão, se escondendo dos polícia, e também tenho ciência de quem é o filho que você carrega no bucho. Entendo que os meganhas querem pôr as mãos em você para alcançar o pai da criança. E o presidente general quer pegar esse pai.

Ainda fez um silêncio calculado antes de concluir:

— Não sou bobo, não.

Um silêncio tomou conta daquele fim de mundo, novamente cortado pela voz arranhada de Perpedigmo.

— Mas eu não vim aqui caguetar ninguém, moça, não sou desse tipo. Sou bicho homem que honra o que balanga entre as pernas.

Quase não consegui escutar um "que bom" de alívio vindo de Carolina, cabeça baixa e mãos apertando-se em anseios.

— Mas também não estamos em tempos de guardar segredos tão poderosos de quem manda nesse país. Repito: posso ser ignorante, mas não sou inocente. Tem um tal que se batiza de capitão e que tem andado por aí e perguntado por uma grávida assim feito você. Está rondando a região. Eu não disse nada a ele: a boca de Perpedigmo é um túmulo, muitos dizem. Mas pode virar um negócio parecido com um palanque cheio de políticos fazendo promessas de campanha, a depender da situação.

— Depende de quê? — Carolina indagou, com a voz vencida.

Nesse momento entreabri mais os olhos para enxergar mais detalhes naquela escuridão, certa de que não seria vista. Perpedigmo arriou a beirada dos beiços e apontou o queixo para mim.

— Quero a moça ali. Cinco minutinhos. Levo ela a uma moita ou chão fresco, e a vida de todo mundo permanece em paz. Vocês seguem lisos e o tal capitão nunca vai ficar sabendo que uma grávida passou por Baraúna na direção de Juazeiro.

Tive que me controlar para que o medo que sentia não virasse tremor ou que minha respiração acelerasse além do adequado, o que denunciaria a minha acordação.

— Espera — Carolina o interpelou —, o que de verdade o senhor quer?

— Eu quero a mocinha por cinco minutinhos. Só diversão, devolvo ela inteirinha. Quer dizer, com um pedacinho rasgado, pois eu sei que ela nunca foi usada, mas o que nesta vida não se conserta, não é mesmo?

Carolina chorou baixinho.

— Ah... o que você precisa fazer? Me entregue ela e mantenha o padre dormindo por cinco minutos. O resto do serviço, a natureza dará conta.

Carolina aprumou-se e em seguida permaneceu quieta olhando nos olhos de Perpedigmo que, feito uma vassoura velha encostada no canto, não mexia um centímetro, aguardando a resposta.

— Seguinte — ela começou, voz de cetim, mas se interrompeu e pegou na mão de Perpedigmo para mergulhá-la no colchão macio de seus seios de grávida de oito meses —, eu acho que tenho mais coisas a lhe dar que aquela menininha sem peito e sem experiência.

— Mulher — ele rosnou ameaçador, alongando a última sílaba, olhos no mamilo largo que lhe era mostrado. — Não me provoque.

Carolina então desceu a mão dele até o meio de suas pernas. Ato contínuo, pegou no que já se anunciava entre as pernas do dono do armazém.

— É grande, mas vai caber direitinho onde daqui a umas semanas vai ter que passar a cabeça de uma criança.

Ouvi apenas o riso grave de tabaco de Perpedigmo. Depois de alguns segundos de hesitação, os dois seguiram a picada na direção de onde viera o som do cavalgar lento minutos atrás e desapareceram de minhas vistas.

Me enrolei sobre meu corpo como um caramujo, um feto, uma coisa que desejava desaparecer do mundo. Não sabia se chamava o padre ou não. Se chamasse, coisa pior poderia acontecer, mas se não chamasse, Perpedigmo faria o que achava que devia com Carolina, coitada. Eu me senti perdida. Queria mesmo era sumir dali, sair correndo e nunca mais voltar a olhar nos olhos de Carolina. Estava envergonhada, perdida, amedrontada, aturdida. Conseguiria salvá-la de seu destino daquela noite? E se eu acordasse padre Alceu, algo iria mudar?

Afinal, o padre não tinha trazido nenhuma arma para nos proteger, homem de Deus que era, e que, portanto, acreditava que o Supremo daria conta de nossa proteção. No entanto, não tinha sido o próprio padre quem dissera que Deus tinha vez que não pegava, feito rádio defeituoso?

Meus pensamentos foram interrompidos por sons de gemidos, regulares, ora masculinos, ora femininos.

Imaginei se naquele momento Perpedigmo a estaria machucando, mas, sentindo-me covarde, me mantive encolhida feito maracujá velho. Algum tempo depois, houve um silêncio, antecedido por um longo gemido masculino e um estertor que anunciava o fim daquela incursão. Depois, um alongado silêncio. Em seguida a ele, passos arrastados e vacilantes. Pouco depois, surgiu o vulto de Carolina puxando a rédea de um cavalo. Eu me levantei de um estalo e fui ter com ela.

— Estamos em segurança — ela disse, num fio de voz, olhos de quem não quer ver.

De perto, vi que ela estava manchada de sangue. Ajudei-a a trazer o cavalo para perto e a amarrá-lo a uma pedra.

— Está tudo bem com o neném, eu garanto — ela sussurrou ao ver meu olhar assustado para a grande quantidade de sangue que banhava a barra de seu vestido.

— Quero lavar isso para não assustar o padre amanhã.

Sem dizer nada, ajudei-a a tirar o vestido. Depois, usei-o de bucha e limpei o sangue coalhado na sua pele para, em seguida, lavá-lo até que as manchas vermelho-amarronzadas tivessem todas saído. Estendi o vestido num arbusto sem folhas e fui procurar um limpo nas coisas de Carolina. Escolhi um florido que combinasse com o que eu estava usando e a alegrasse um pouco. Vesti-a e fiquei passando a mão por seus cabelos, dedos fazendo as vezes de pente, até que a sua respiração foi se acalmando, então ela se deitou e adormeceu. Fiz questão de não lhe perguntar de Perpedigmo, nem ela disse nada a respeito. O silêncio, às vezes, pode ser a melhor música a ser tocada, já me dissera padre Alceu.

Fui dormir com o claror do sol anunciando-se no horizonte e um medo enorme de mim mesma. Afinal, eu estava aprendendo que o mundo não era bonito como a vida eterna das Escrituras e que as pessoas eram capazes de qualquer coisa para conseguir o que queriam.

Dia seguinte. Lento. O padre acordou antes de nós duas e deve ter ido orar em algum lugar. Despertei num sobressalto com o dia adiantado. Batia um vento constante que quase estava levando embora o vestido de Carolina que eu lavara naquela madrugada antes de dormir. Eu sentia uma dor como se tivesse levado uma surra no dia anterior.

— O que houve? Por que vocês duas dormiram tanto assim hoje? — o padre chegou sem seu costumeiro arrastar de sandálias, o que fez com que eu não o percebesse se aproximar e estremecesse de susto. — Em geral, vocês acordam antes de mim.

Expliquei. Menti. Ficamos até tarde em conversas de mulher, disse, ligeira como quem rouba. Sorri disfarçando certo ar sem graça e envergonhado, logo imitado pelo padre, que largou o assunto de lado.

— E de quem é esse cavalo? — indagou, apontando para o animal de Perpedigmo apeado na pedra.

Aleguei não saber. No meio da nossa conversa de mulher, voltei a mentir, fomos interrompidas por um trotar mole, até pensamos em acordá-lo, padre Alceu, mas quando demos por nós, esse cavalo estava ali, parado a poucos metros de onde estávamos, sem dono. Por isso, resolvemos apeá-lo na pedra. Na certa, se vivo estivesse, o proprietário apareceria para reclamar a besta.

— Assim que Carolina acordar, seguimos — ele resolveu.

— Não aguento — interpelou Carolina, levantando-se aos solavancos. — Se não incomodar, preciso descansar hoje.

O padre estacou feito um bambu sem vento e assim permaneceu por uns minutos em que nós duas silenciamos em respeito ao homem santo que pensava. No fim daquela espera, vaticinou:

— Pois não, vamos abancar por aqui por hoje. Descansem. Enquanto Carolina toma o café, vou buscar um riacho para encher nossas provisões.

Saiu arrastando sandálias e dúvidas. Quando me certifiquei de que o padre não nos escutaria, contei-lhe que ouvira tudo e perguntei-lhe por que ela tinha feito aquilo da véspera, afinal, estava grávida em fim de gravidez.

— Meu corpo já esteve com mais homens, já o seu nunca viu macho. Aconteceu o que tinha que acontecer e ponto final.

Eu ensaiei retrucar, mas ela foi firme:

— Sim, estou machucada, mas não quero falar sobre o que houve ontem.

Naquele momento, imaginei que Carolina pudesse pensar em mim como uma sua filha, protegendo-me com atenções dobradas, mas logo removi essa ideia sem pé nem cabeça. Eu só precisaria saber que agora tínhamos um cavalo e uma peixeira, ela acrescentou. Ela disse isso com os olhos duros como o horizonte e desembrulhou, de um pano que se assemelhava a uma calça masculina rasgada, a peixeira que na véspera eu vira pendurada na cintura de Perpedigmo. Ela era grande. Do tamanho da canela de um homem, pensei, notando que na lâmina de ferro opaco a ferrugem disputava espaço com algumas manchas de sangue. Fechei os olhos e torci para que a lágrima que ardia neles não escapasse, pois aquilo não seria adequado para aquele momento. Eu imaginava que era a hora de eu demonstrar força, à semelhança do que ela fizera por mim.

Carolina tomou uns goles do café, sentou-se ao meu lado e encostou a cabeça no meu ombro. Pela primeira vez, eu lhe fiz cafuné. Seus cabelos eram macios e ondulados, bem diferentes dos meus, duros e crespos. Invejei-a em silêncio: ela já vira homem, curiosidade minha, estava prestes a ser mãe, tinha cabelos macios e era muito mais bonita do que eu.

Ainda antes do padre voltar com os cantis cheios, senti um cheiro nauseabundo e vi ao longe, na direção onde Carolina e Perpedigmo desapareceram no breu na véspera, meia dúzia de urubus voando em círculos. Passamos quietas o resto do dia, apesar de padre Alceu inutilmente ter tentado puxar assunto para nos animar. Eu achei que ele intuía que algo errado acontecera na noite anterior, mas não ousava perguntar ou não sabia por onde começar. Quando fomos dormir, fiquei ainda muito tempo de olhos arregalados para o negrume do céu, escutando os silêncios do sertão, os roncos do padre e os gemidos de dor que Carolina tentava abafar.

No dia seguinte, partimos. Acertamos que levaríamos o cavalo, e quem o montaria seria ela, que ainda sentia cólicas. Antes de entrarmos numa picada que nos levaria a uma depressão do terreno e nos faria perder de vista o local onde permanecemos por dois dias, olhei para trás e vi que os urubus já tinham pousado onde deviam e certamente faziam o que nasceram predestinados para fazer.

Dividendos

Eu não entendia. Mesmo muito tempo depois daquele beliscão em meu peito, o local ainda doía. Pior: meus dois peitos estavam doloridos. Não me lembrava daquele cigano ter me beliscado duas vezes, por isso tive medo de ser uma doença, malformação, maldição do Sem-Dó, caroço maligno, Deus me livrasse. Já tinha visto quatro pessoas só em Riacho da Jacobina tombando quase sem brancos na cabeça por causa de um tumor, e por isso a doença tinha se transformado no meu maior fantasma desde então. Aquilo não me saía da cabeça, mas eu tentava revirar o pensamento para outras bandas.

Depois que partimos daquele ponto de ônibus, passei a observar Carolina com mais apuro. Bonita, jovem, corpo bem feito, apesar dos desmontes naturais da gravidez. Era bem diferente de mim: eu nem mulher era, nem beleza tinha. Por outro lado, ela, coitada, tentava se equilibrar sobre o cavalo, destalento típico de moça da cidade que nunca devia ter praticado montaria na vida. Tamanha era a sua falta de jeito que fiquei me perguntando se era melhor ela ir andando ou continuar a se manter mal e mal sobre aquele pangaré, malabarista amadora de si mesma. O padre mostrou-se estranhamente falante naquele dia.

— A minha terra natal tem a terra vermelha como sangue, Nina. Sabe por quê?

Eu fiz o sinal negativo que era esperado para que ele continuasse. Ele repetiu a história da cobra gigante enterrada num oceano salgado fervente sob a terra, a mesma contada a Perpedigmo. Eu lhe perguntei como a cobra gigante tinha ido parar naquele aquário subterrâneo de dimensões inimagináveis.

— Aí que está — ele começou, animado. — Antes, logo depois que o mundo foi criado e o homem o habitou, Indá já existia, vivendo livre como qualquer animal. As eras se sucederam e, muito depois, passou a haver uma serena paz entre o monstro e os moradores de Foz da Esperança, quebrada quando dois meninos foram vê-la enquanto dormia. Isso era proibido desde o princípio dos tempos, pois rezava a lenda que a temperança reinaria se o sono da grande cobra jamais fosse vislumbrado por homem nenhum. Explicando melhor: ninguém poderia vê-la dormindo. Acontece que, quando os meninos foram xeretá-la, ficaram estupefatos, pois viram que a cobra do dia se transformava em uma formosa mulher à noite, adormecida, brancamente nua, tão formosa que aqueles dois meninos, pasmados pelo encantatório da belezura e pelos hormônios que lhes populavam as veias, não se aguentaram de excitação e, acesos de um desejo juvenil de que não davam conta de domar, acordaram-na para cheirá-la, tê-la, tocá-la e vê-la desperta, movendo-se, seios e ancas, graciosa como sobre nuvens. Ali mesmo morreram devorados pelo monstro, pois, de mulher formosa, em dois sustos ela transmudou-se na grande Indá e comeu-os sem nem um lamber de beiços. Então, a partir daquele dia, foi um massacre atrás do outro: se aparecesse um ser vivente, humano ou não, diante da cobra, ela o devorava, estraçalhando seu corpo e deitando todo o seu sangue sobre a terra, razão pela qual o solo de Foz da Esperança até hoje é vermelho como rubro é o sangue que corre nas nossas veias.

Eu quis saber como a cobra tinha ido parar nos subterrâneos de sua cidade natal.

— Não foi desejo dela, mas armadilha urdida pelos homens que, cansados de verem seus animais, amigos e familiares devorados pela besta, resolveram engambelá-la. Mandaram vir de Fortaleza 960 mil espelhos daqueles quadradinhos de mulher retocar maquiagem. A meia légua de distância do mar, cavaram um buraco que pudesse conter o corpo gigantesco da cobra com sobras e, com cuidado de ourives, ao longo de sete meses e sete dias de labuta comunitária, cravaram os 960 mil espelhos nas suas paredes, rejuntando-os um a um, de modo que não restasse um milímetro sequer de distância entre um e outro. Depois, aos poucos, vieram trazendo carroças e mais carroças recheadas de galões com água do mar e despejaram-nas no buraco que, impermeabilizado pelos espelhos, virou uma cisterna gigante cheia de água salgada. Uma manhã, uns homens mais corajosos foram conversar com Indá, alegando que a cidade lhe tinha preparado um agrado, uma surpresa. Surpreendentemente, ela não os devorou. Ao contrário, atiçada pelos dois homens na sua própria soberba, acompanhou-os até a grande cisterna. Lá chegando, viu, refletida nos milhares de espelhos, não sua caraça horrenda de besta do apocalipse, mas sua face encantadora de formosa mulher multiplicada 960 mil vezes. Como, desde a traquinagem dos dois meninos, ela jamais voltara a se metamorfosear em mulher, quedou-se encantada com a própria beleza e, maravilhada com a graciosidade da qual já se esquecera, mergulhou na cisterna, de onde, tão funda era, não conseguiu mais sair. Ao descobrir a armadilha, sua raiva foi tamanha que seu corpo ardeu como ardem as chamas do inferno, razão pela qual aquelas águas, além de salgadas, são até hoje infernalmente quentes. Os homens, então, tamparam a cisterna e enjaularam Indá, que estaria condenada a nunca mais vislumbrar sua beleza de mulher, sendo o monstro que sabia que era.

Tão logo terminou a história de Indá, o padre virou--se para a direção para onde estávamos seguindo, calado como um calango. Baixei os olhos, triste. A cobra era cativa, considerada uma aberração e, além do mais, jamais poderia voltar a ser a mulher formosa que era, sob pena de, humana e vulnerável, morrer afogada no mar fervente que sua própria ira forjara.

— Acho que por isso a cidade jamais prosperou — ele sugeriu. — A ninguém será dada a graça de crescer na vida se no bucho desse crescimento houver uma desgraça alheia.

Gostei da frase do padre. Anotei-a mentalmente. Ele voltou a se calar, e assim permaneceu pelo resto do dia. Carolina dividia-se entre cochilar e gemer de dor, equilibrando-se sobre os ossos do pangaré. Um gemer baixo que só eu, que a seguia mais de perto, escutava. Pensei em pedir ao padre que parássemos e disse a ela de minha pretensão, mas a mulher argumentou igualmente cochichosa que seguirmos adiante seria melhor, pois, mais cedo ou mais tarde, ela precisaria de mais cuidados do que os que tinha ali naquele nada no meio do nada. Concordei, moída de indecisões.

Com certeza haveria outras cobras enterradas em cada uma das cidades por onde passamos, pois, à primeira vista, elas enfrentavam a mesma maldição de Foz da Esperança. Vazias, imóveis, amaldiçoadas pelo tempo que lá não corria. Todas. Onde estaria enterrada a minha própria Indá?

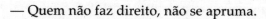

— Quem não faz direito, não se apruma.

Ao longe escutei essa frase, seguida por um estalar no vento que me lembrou lombos de jegues que, quando travavam teimosos, precisavam de alguns malvados estímulos para seguir em frente. O grito era de voz masculina, embora eivada de guinchos, como quem duvida do que é afirmado. Quando olhei na direção do som, vi um homem de ombros derreados e abdômen desproporcional para a mirreza do esqueleto. Ele abaixou o corpo, sumindo com metade dele para dentro da casinhola, o que provocou um novo estalar. O homem saiu da casa.

— Não faça isso, Tomé de Deus! Pelamor!

Era uma voz feminina abafada que, à distância, parecia sair lá de dentro. Logo depois, uma mulher menor e mais alquebrada que o homem saiu da casa atrás dele. De imediato, ele retornou e, agora eu consegui ver, usando um rabicho de mato grosso e seco que trazia pendurado na mão comprida, chicoteou-a com aquele improviso de maldades com o alheio.

— Cê mude, cê cale, cê fique quieta! Não quero mais escutar essa sua voz — gritava, enquanto dava outras investidas com aquele chicote, estalando o ar.

Ela quedou-se quieta, respondendo ao açoite com um silêncio derrotado feito o jegue da delegacia que, se dele não cuidarem, morre de sede a dez passos da tina d'água do delegado. Padre Alceu resolveu desviar-se do nosso rumo original para dar naquela casa. Não tentei adivinhar o que se passou naquela cabeça santa. Quem sabe ele deve ter fabulado que levar a palavra do Deus de quem ele tanto duvidava da existência pudesse aliviar as dores daquela mulher e os horrores que habitavam a alma daquele homem?

Seguimos lentos e silentes, observados pelo casal igualmente calado. À medida que nos aproximávamos, eu observava a casinhola e seu arredor: um cercado pequeno com duas galinhas quase tão miúdas quanto seus donos; um marrão vazio que, pelas fezes secas que se pareciam com sementes de azeitona, fora reservado a uma cabra que já não estava mais ali fazia algum tempo; meia dúzia de ferramentas enferrujadas, dentre elas um machado sem fio, uma foice, dois martelos e um pé de cabra, todos encostados ao corpo da casinhola; cinco metros adiante, um poço; quase 100 metros ao fundo, uma construção em madeira.

Ao ver nossa aproximação, o homem interrompeu o que estava fazendo e estreitou os olhos sob a marquise de uma das mãos. Ao ver que se aproximava um homem de Deus, deixou o rabicho já ensanguentado de tocaia num ajunto de mato no chão perto das ferramentas e fez o sinal da cruz.

— Boa tarde.

— Tarde — respondeu o homem, olhando fixo para o padre.

Ele misturava o respeito a um clérigo com a pouca vontade de falar com quem quer que fosse.

—O que Deus vem buscar neste fim de mundo, padre? Do que o senhor precisa? Minha casa é pobre, mas digna.

— Pouso e um tanto de comida, pois a nossa está quase no fim. E um pouco de misericórdia com a sua mulher, homem de Deus, que isso não é jeito de tratar cristão.

— Neinha, minha senhora, providenciará a comida e o pouso. A misericórdia entrará na conta que um dia, quem sabe?, acertarei com Deus. Mas o senhor...

Só nesse momento ele nos percebeu, e seus olhos nos comeram vivas num décimo de segundo. O padre, cansado e mais ingênuo para as coisas do mundo do que eu, não percebeu.

— O senhor e as duas moças bonitas aí podem se acomodar lá dentro. O dia está quente. Licença, que eu tenho o que fazer antes de anoitecer.

Falou isso e virou-se de costas sem esperar resposta. Passou pelo buraco de poço e caminhou para a construção em madeira que igualmente rumava para a ruína, tábuas tortas mal acochambradas que se erguiam em uma espécie de celeiro. Lá sumiu.

Ela surgiu de olhos baixos, indagando o próprio chão onde pisava se queríamos entrar, pois tinha uma tina de barro cheia, e a água ali ficava fresca como orvalho, que cada vez era mais raro naquele estio comprido.

Entramos. Era uma casa de um cômodo apenas que fazia as vezes de sala, cozinha e quarto. Supus que o banheiro fosse qualquer ravina próxima ou monte de mato seco. Sem palavras, ela nos indicou um canto na parte mais fresca da casa para nosso descanso. A terra estava mesmo com temperatura agradável.

Esticamos pescoços para fora da casa, certificando-nos de que o tal Tomé não tinha voltado do celeiro. Nem sinal dele. Olhamo-nos, indagando mudamente o que faríamos ali. Nós nos calaríamos? Afinal, em briga de casal não há colher a meter, dizia o povo, e ali contávamos com a receptividade, mesmo que arestosa, do dono daqueles domínios.

Foi Carolina que, mesmo fraca e cansada, inaugurou a conversa de forma direta, firmando o olhar assustado em Neinha.

— Isso acontece sempre? — indagou, apontando o nariz para o tecido das costas do vestido da mulher, rasgado em três lugares.

Das costas dela manava um líquido que, encontrando-se com o suor dos dias de lida, parecia marrom, mas eu sabia que era sangue. Já vira antes chicoteios provocados por acordos comerciais não cumpridos, em que o dono das terras, insatisfeito com o rendimento de um seu meeiro, castigava-o. Uma coisa que eu aprendera com a observação desses pequenos acertos mercantis foi que, quando o sangue se encontrava com o suor, logo, logo ele se amarronzava.

A mulher se retraiu e se encostou na esquina irregular de duas paredes, ocultando as feridas e baixando ainda mais o olhar. Fez que não com a cabeça, mas de sua boca não saiu sílaba. Então, o padre interveio:

— Nós vimos aquele chicote, Neinha. Entendemos tudo.

A mulher encaramujou-se mais à parede, como um cão de rua que recebe o segundo chute, como se desejasse fundir-se a ela, findar-se, desaparecer, para sempre mesclada à argila craquelada daquela construção. Ela não se movia. Apenas nos vigiava movimentos, arisca como um bicho selvagem. Carolina engatinhou até ela lentamente para não assustá-la.

— Você deve estar com medo. Cansada. Também morro de medo, isso faz parte da nossa condição, Neinha. Tirando o padre, aqui é tudo mulher. E mulher neste mundo não vale nada, você sabe. Ela vale pelo marido, pela casa e pela prole, não por ela.

— Eu tive nojo — ela balbuciou depois de um silêncio que eu achei que jamais terminaria, tão baixo que quase não se escutou.

Diante da imensa interrogação que pairou naquele aposento, continuou:

— Não sei com quem se deitou, mas depois que Tomé saiu com aqueles dois amigos novos, deu dez dias o coiso dele fedia. Aí não quis mais fazer nada com ele, não, tive medo de pegar o mesmo podruço dele. Neguei três vezes me deitar com ele, com aquele negócio balançando podre entre as pernas querendo serviço. Depois disso, ele desistiu de mim, mas a mágoa ficou entranhada nele feito meu sangue naquele chicote. Mais de uma vez eles saíram. E ele não dormia em casa. Eu imaginava que tinha mesmo mulher enfiada nessa história.

Atônita, eu queria desviar o rumo da conversa, pois foi horrível imaginar a cena. Perguntei como se conheceram. Com 13 anos incompletos, recém-moça, ela trocara a casa materna pela de Tomé, 12 anos mais velho, que deixara de troco uma cabra e duas poedeiras para a mãe, que morava mais a tia, sozinhas. De início, sua mãe visitava-a nos inícios de mês, mas, com o passar dos anos, as vindas passaram a rarear, até que um dia ela soube que morrera de catarro grosso, comum naquele mundo sem doutores. Da tia, nunca mais soube notícias. Os irmãos e o pai já tinham seguido há muito tempo para construir a capital e nunca mais voltaram, talvez perdidos nas promessas dos tantos garimpos dessa vida.

Tomé a culpava pela falta de filhos. Viviam da roça pouca, dos ovos de umas poedeiras preguiçosas e do leite e dos queijos de uma cabra que, depois de velha, sem dar leite, Tomé resolveu sacrificar e assar a carne dura para um rebosteio com os amigos de beberagem. Sozinha, sem vizinho qualquer nem parente, desviando-se dos desejos bissextos de um homem infectado e inútil, ela pelejou entre noites solitárias e dias de castigo com o rabicho de mato trançado.

Carolina lhe perguntou por que não fugia dali, mas apenas o silêncio reverberou naquelas paredes de argila. Eu me contive para não chorar por ela, tão diferente e tão parecida comigo e com Carolina. No fundo, sempre somos moedas de troca, o que muda é o valor que atribuem a nós, Carolina praguejou para o ar seco.

O padre fez o sinal da cruz e perguntou se eles tinham urtiga por perto, que era boa de aspergir e tirar mau olhado. Estranhei que um homem do Deus da igreja tivesse pensado em mau olhado e em outras malquerências incatólicas, mas o seu olhar de determinação foi tamanho que não questionei. Neinha veio com um molho grande da planta e meio jarro de água e lhe entregou. Ele levantou-se e começou a espalhar aquela água cheirando a urtiga brava pela casa toda. Dos lábios escapavam orações em uma língua que eu desconhecia e que jamais escutara de sua boca. Os lábios de Neinha imitavam-no, igualmente sabedores daquela língua mais antiga que ela mesma e daquelas palavras de poder.

Quando o padre findou sua limpeza mágica, Neinha agachou-se e beijou-lhe os pés em um agradecimento mudo. Em seguida, levantou-se e decretou:

— Acho que é hora de cozinhar uma daquelas galinhas. Muita boca exige comida especial, e elas já não põem mesmo todo dia, velhas que estão. Além do mais — continuou, falando diretamente para Carolina e apontando para a terra debaixo da grávida —, você tá sangrando por baixo. Meu molho pardo vai ajudar a estancar isso.

E saiu para o terreiro banhado de luz.

Carolina levantou-se e viu que um sangue pouco minava lento dela. Quando olhou para mim, vi o medo de ter matado seu filho quando deu-se a Perpedigmo. Baixei os olhos para a terra sedenta, que rapidamente chupava aquele sangue para alimentar suas tripas, e senti toda a culpa do mundo.

Enquanto Neinha matava, sangrava, depenava e temperava a galinha velha, eu ajudava picando a cebola, catando pimenta em ramos secos lá fora e alimentando o fogo. Eles tinham boa e muita farinha, fundamental para satisfazer tantas bocas. Carolina permanecia sentada e me ajudava a picar temperos. Entre um pico de tempero e outro, sentei-me com ela e, curiosa, lhe perguntei como conhecera o pai da criança que carregava no bucho.

— Ele se chama Carlos, mas está foragido — ela começou, juntando os cinco dedos e dando três cutucos seguidos ali onde se espera que esteja o coração. — Era capitão do Exército, mas deu de ser contra o governo dos militares e hoje é procurado, pois tem boa mira, é bom para montar tropa e sabe manejar as mesmas armas dos milicos. Sabe descobrir quando a guarda de um batalhão troca de turno e qual deles é mais fraco para o sono, então monta estratégias boas para roubar armas. Treina bem quem está com ele e representa um perigo para o governo militar. Ele está certo de fazer o que faz, mas tão cedo não o verei, disso eu sei, pois quem se aproximou dele acabou sendo levado e inquirido. Sob tortura, alguns contaram o que não deviam, disso nós soubemos, e eu não sei até quando eu aguentaria. Além de eu saber muita coisa, carrego um filho dele.

Ela esperou para inspirar uma brisa que adentrou a casinhola, refrescando. Eu estava assustada porque não acreditava que ela estivesse se abrindo daquele jeito comigo, logo comigo, nem que alguém pudesse torturar uma pessoa como ela dizia que estavam fazendo. Meu corpo tremia de medo por ela, pelo filho que carregava e por seu homem.

— Muita gente já desapareceu e nem corpo a família teve para enterrar. Em Salvador, está difícil andar na rua depois do anoitecer, tem *blitz* toda noite, é melhor se entocar em casa e torcer para não baterem na sua porta.

Perguntei se ela sabia onde Carlos estava.

— Num sertão qualquer. Ou cidade. É bom que eu não saiba: vai que me pegam...

Fiquei pensando se eu um dia me apaixonasse por um homem como Carlos, que metesse na cabeça lutar contra o governo dos militares, e consegui imaginar que Carolina sentia um peso no peito feito aquele que eu então sentia.

Ela fechou os olhos e eu entendi que a conversa havia terminado. Repeti seu gesto e pensei em Neinha e no seu memorial de castigos infligidos pelo marido que a detestava pelo que ela significava: uma mulher que não se entregava para o seu homem, marcado para sempre pelos próprios pecados.

— Se eu não aguentar chegar aonde devemos chegar, cuide do meu filho — ela ainda murmurou sem abrir os olhos.

Eu lhe disse para não pensar naquilo, que ela era uma mulher forte e que chegaríamos nós três no nosso destino. Ela manteve os olhos fechados e, sem resposta, a conversa morreu feito a brisa que tinha batido instantes antes. O silêncio desceu como uma manta sobre nós, o que me deu tempo para pensar.

Eu me assustara com a forma com que Tomé havia tratado Neinha. Apesar de já ter escutado confissões de surras homéricas sofridas por carolas de minha cidade, jamais tinha presenciado uma agressão doméstica de verdade. De olhos espremidos para dar mais certeza ao juramento, prometi a mim mesma que nunca me casaria, pois nem pensava em experimentar o que a dona daquela casa experimentara. A minha teta beliscada pelo cigano de brinco, que fora o ato mais violento sofrido por mim, ainda doía e me fazia sentir uma mistura de raiva dele e de vergonha por não ter me defendido. Latejava e se espalhava feito uma íngua para o outro peito, que agora incomodava igual. De ambos, persistia o mesmo odor que misturava estrume, tabaco e falta de banho, e lá se iam uns bons dez dias desde então, embora aquela sucessão de dias a caminhar de raspa a raspa me tivesse feito perder a noção do calendário.

O padre saíra para se aliviar e Neinha estava distante, catando pequenas sementes que iria usar no cozimento. De acordo com ela, os grãos ajudariam a amolecer a carne dura daquela galinha velha. Carolina interrompeu o longo silêncio daquela casa:

— O dono do cavalo — ela referia-se ao animal que vinha conosco desde a madrugada em que ela voltara do encontro secreto com Perpedigmo —, tem coisas que a gente não pergunta a procedência. Simples assim: melhor ninguém escutar nada de minha boca. Ainda mais você, tão nova, que acabou de ouvir tanta barbaridade.

Eu sabia o que tinha acontecido naquela noite, mas custava a acreditar que uma prenha de oito meses tivesse sangrado um homem grande e treinado nas artes de matar, feito o dono do armazém. Aprendi que a força nos vem de onde menos esperamos.

Como a justiça.

A justiça original é dos homens. Assim nasceu o mundo. Ela é ditada por eles e por eles vigiada, mas eu aprendi que, se injusta for, cabe a quem a sofreu corrigi--la. Perpedigmo mereceu o destino dos bicos dos urubus naquela seguinte manhã. Pelo menos, assim eu julguei.

Ele me machucou, Carolina apenas murmurou apressadamente, pois percebeu a aproximação de alguém. Era Tomé. Perguntou pelo paradeiro do padre. Eu indiquei com o queixo a direção tomada pelo homem de Deus e ele saiu sem obrigados ou gentilezas.

— Esse é outro — ela sussurrou. — Se deixar, faz o que quiser com mulher. Como faz com Neinha.

Mas não havia como Neinha reagir?, perguntei.

— Ter, tem, mas isso necessita aprendizado, Nina. Dizer seu próprio desejo é um saber próprio de quem treinou para isso, e ela aprendeu apenas o sim, coitada. Pra ser honesta? Eu não sei o que faria se estivesse no lugar de Neinha.

Ao ouvir Carolina, meus dedos procuraram o Cristo negro pendurado em minhas costas, e minhas dores ancoraram-se nas do homem que aquele objeto representava. Se um dia algo parecido acontecesse, eu teria coragem de desdizer o sim de um homem?

Os dois homens chegaram com tapinhas amistosos e sorrisos cúmplices. Certamente vieram conversando sobre mulheres, pois, ao chegarem à casa, silenciaram. A galinha estava pronta. Sentamos todos encostados à parede da casa, na ausência de uma mesa que comportasse todos. Comemos em silêncio. Quando terminamos, Tomé pediu a palavra. Admiti para mim mesma que não gostava dele, da sua voz, do cheiro que ele tinha, do seu jeito de andar ou de falar. Ele era como os bandidos, como Perpedigmo e como muitos homens que, em catorze anos, eu tinha observado e visto como tratavam suas mulheres e suas filhas.

— Como se diz, uma mão lava a outra — começou, lambendo os dedos brilhosos de gordura de galinha. — Eu acolhi vocês, mas antes que retomem viagem, peço que me ajudem em serviços que não tenho tempo, já que somos só eu e Neinha aqui. Coisa de hora, hora e meia. A mais, eu tenho estado fraco de uns meses para cá. Se nem meio-dia é, em duas horas pegam rumo e conseguem esticar bem a viagem.

Eu notei os seus olhos fundos, as maçãs do rosto pronunciadas, os ossos à mostra. Ele era a imagem de um homem que adoecera de sua luxúria, comprovada nas partes de seu corpo que cheiravam mal. O podre de fora aos poucos ia para dentro dele. Apesar de isso não diminuir seus pecados, ele era mais um coitado refém dos próprios vícios.

O dono da casa, então, elencou uma pequena lista de tarefas para fazermos como paga pela refeição e pelo que levaríamos deles na nossa caminhada. Carolina seria a única poupada, dado o seu estado. Tomé e o padre trabalhariam no poço, que precisava ser desassoreado. Neinha virou-se bovina, murmurando que precisava andar muito para encontrar ervas para Carolina. A mim coube o afio daquelas ferramentas enferrujadas que eu vira encostadas à casinha. Além das que estavam lá fora ainda encontrei dois alicates, uma tesoura grande, duas facas, uma chave de fenda rombuda, um serrote, uma foice e um machado. Do lado de fora da casa, uma pedra que, pelo formato e desgaste, era usada para amolar. Mesmo sentindo o sono do bucho cheio, toquei a afiá-las.

Despertei da hipnose de minha lida com as ferramentas graças a um grito. Quando dei por mim, percebi que Tomé ralhava algo indizível com Neinha e, vendo que não havia ninguém olhando, tornava a lhe surrar em silêncio. Ela se encolhia e gritava como uma leitoa no abate. Eu não tirava os olhos da minha tarefa, sem saber o que fazer, já que o padre tinha rumado para o celeiro pegar as cavadeiras, polias, cordas e a escada, e Carolina dormia pesado lá dentro. O único som que eu escutava era o estalar do chicote improvisado no lombo da mulher, o que fazia uma raiva que jamais sentira subir pela minha coluna e assaltar meus olhos, turvando-os. Meus dedos espremiam com toda a força a lâmina de uma das facas na pedra de afio. Respirei fundo e fiz o sinal da cruz para me conter, pois, pela primeira vez em minha vida, desejei o mal de alguém.

Os dois homens baixaram a escada e nela desceram até o fundo do poço. Amarraram uma corda com uma polia na ponta para subir com os baldes de terra assoreada. Meia hora depois, Tomé pediu ao padre que roçasse uns canteiros atrás do celeiro, que ele ficaria acertando as paredes e cavando mais um pouco. De acordo com ele, o sacerdote tinha as costas de criatura de Deus, não de homem de roça.

Em um mundo perfeito, eu pensei, eu usaria uma das ferramentas que afiei com cuidado de ourives e, tão logo o padre sumisse atrás do celeiro, puxaria a escada e cortaria a corda que permitiria a Tomé retornar à superfície. Além disso, olhando para os lados para ver se alguém me espiava, com uma pá eu devolveria para o poço uma boa parte da terra cavada pelos dois homens, soterrando o desgraçado. A todos, diria que Tomé tinha seguido para a cidade comprar mais corda. Enterrado vivo, aquele homem doente por dentro nunca mais maltrataria Neinha, e eu teria saído de lá sem o aperto no peito que viria a me acompanhar até que chegássemos a Juazeiro e minha atenção se voltasse para a lua com os astronautas dentro. Até então, eu acreditava que ela tão somente boiava no céu como um queijo feito de nuvem, jamais tendo a serventia de ser espetada por uma bandeira e virar marrão de foguete de gringo americano.

Pela minha expressão e a de Carolina, padre Alceu percebeu que havia algo errado e decidiu partir mesmo a meio da tarde. Assim, pegamos rumo, apesar de a moça grávida ter voltado a sentir dores.

— Chegaremos a Juazeiro antes de seu filho nascer — apostou.

Antes de sairmos, Neinha tinha trazido uma boa rama de ervas para Carolina. Tive de decorar as muitas recomendações para o uso de cada uma. Ela também nos ensinou como as índias ganhavam bebês no meio do mato sem carência de parteira. Nós levávamos uma boa provisão de comida e água graças aos esforços daquela mulher, apiedada de Carolina naquele estado.

Pela última vez, virei-me para a casa pequena e vi Neinha acenando sozinha para nós. Ela mostrava os mesmos olhos duros e tristes, ciosos de Carolina e cobiçosos de nós, que partíamos daquele lugar. Seus pés pareciam ainda mais terem se fundido àquele solo, terrosos e imóveis, assim como o seu destino, até então predestinado a amalgamar-se para sempre ao de Tomé e a seus castigos. Senti meu Jesus negro roçar-me as costas, e intimamente lhe pedi perdão por todos os meus pecados e me certifiquei de que carregava no farnel a faca que eu afiara com o ódio mais puro que sentira na vida.

Novas

Caminhamos aquela tarde inteira e continuamos andando noite adentro. Segui quase todo o tempo de olhos fechados, guiando-me pelos passos arrastados de Carolina e do padre. Fazia muito isso quando era pequena. Já tinha aprendido a geometria de toda a casa paroquial, e por isso gostava de testá-la. Quando era dia, andava de olhos fechados, decorando passos e tateando paredes, intuindo a disposição de armários, mesas e cadeiras, testando texturas e temperaturas, panos, artefatos em madeira, de barro e de alvenaria. À noite, transitava pela mesma casa sem ligar luzes ou velas para simular meus olhos fechados. Eu festejava como uma vitória quando minhas mãos acertavam em cheio um objeto, uma peça, escova, livro ou missário perdido.

Naquela tarde, quis fechar os olhos de fora para abrir os de dentro, pois muita coisa acontecera e pouca eu havia entendido. Eu, o padre e Carolina estávamos à mercê de quem encontrássemos. Pessoa de boa ou má índole faria o que quisesse conosco. O único bem terreno que nos protegeria era a faca que eu roubara, banhada pelo meu ódio por Tomé e por qualquer homem que maltratasse quem quer que fosse. Meu corpo também se transformava naqueles dias. A pele se eriçava com cheiros exóticos ou lembranças — por exemplo, o olhar que Zé Sebastião me lançara da ponta oposta do longo corredor do armazém de Perpedigmo dias antes, ou o odor dos corpos dos meninos pulando e boiando nas águas do Mucugipe, ainda nítidos na lembrança. Eu sentia a carne de dentro dos meus peitos se incharem, avolumando-os e tornando-os duas abóboras nanicas, daquelas do tamanho de limões bravos. As carnes em torno dos quadris também se acumulavam e se tornavam mais generosas, com curvas e arredondados que não existiam até então. Os sons da respiração do padre, se mais arfante, e até mesmo seu cheiro masculino de pouco banho e muito caminhar, despertavam anseios como o da madrugada em que eu despertara me contorcendo feito cobra e transpirara líquidos desconhecidos.

Tudo aquilo me agradava e me envergonhava. Não sabia dizer qual era mais forte, se a vergonha ou o prazer. Agora que tinha Carolina por perto, precisava aproveitar a oportunidade e lhe perguntar essas coisas, que murchavam na boca quando eu estava com padre Alceu.

Também o cheiro de Carolina, a cada dia mais marcante, me lembrava que éramos feitas da mesma argila, predestinadas a perpetuar esse mundo de Deus e a gritar forte, espernear e até nos defender como conseguíssemos quando algo errado acontecesse.

A Nina que até pouco tempo vivia sob a proteção de padre Alceu, de dona Lia e da casa paroquial de Riacho da Jacobina se desmilinguia feito as flores roxas sem nome, que fediam como excremento humano, só davam na época de chuva e, na estiagem, desapareciam da paisagem. Esse sumiço de um meu pedaço me dava medo porque eu não sabia o que eu viraria, no que me transformaria, a que borboleta meu casulo apontava.

O cheiro de tabaco velho e estrume de cavalo me contaminara desde o episódio dos bandidos que nos cercaram, e alojara-se em meu corpo como um bicho de pé, um verme, um intruso, algo que me tomava por dentro e minava as minhas fortalezas. Aquele fedor servia para me lembrar do que alguns homens são capazes quando não têm fé, mulher ou polícia para lhes dar limite e juízo.

Eu caminhava ruminando essas transformações que me assustavam e atenta a qualquer detalhe, cheiro ou som, mas foi padre Alceu que viu a palidez de Carolina.

— Você está passando bem? — disse-lhe surpreso, interrompendo a marcha, virando-se e pegando sua mão. — Está como cera.

— Cansada só — ela respondeu arfante, mirando vidrada o horizonte, olhos que pareciam os de algumas carolas entoando os hinos de todo dia.

Decidimos parar por aquele dia. Apeamos o cavalo de Perpedigmo, comemos e fomos dormir. Naquela mesma noite, começaram as contrações de Carolina.

A criança nasceu madrugada alta em meio à vegetação ressecada pelo estio daquele inverno mais quente que o normal. Eu e padre Alceu havíamos feito duas plataformas de pedras largas para Carolina colocar um pé em cada e agachar-se, conforme ensinado por Neinha. Atrás dela e amparando-a como um encosto de cadeira, o sacerdote cochichava-lhe canções antigas na mesma língua estranha que usara para fazer a estranha benzeção de uns dias antes. Embaixo, no meio das pernas da futura mãe, forrei o chão com panos e folhagens que encontrei ali perto e fiquei esperando agachada para lhe pegar a barriga. Às vezes, numa ou outra contração mais dolorida, eu a ajudava, empurrando a criança para baixo.

Ela zurrou quase quatro horas no negrume daquela noite sem estrelas, retrucada pela cantilena incompreensível do padre em seu ouvido. Xingava meio mundo, voz grossa que eu nunca ouvira sair de sua boca, e gritava o nome do pai da criança como se fosse uma oração agreste e desesperada: Carlos, Carlos, Carlos. Quando, enfim, nasceu, a neném escorregou ligeira como os girinos que se refestelavam nos escondidos dos remansos do Mucugipe. Foi dar nas minhas mãos. Estávamos exaustos.

— Marelena é o nome de minha avó — Carolina conseguiu silabar, em um batismo derreado, quando lhe mostrei a filha recém-parida.

Depois, ela desceu trêmula da plataforma de pedras e deitou-se sobre uma rede velha, também improvisada como manta. Eu estava assustada, pois havia uma criança recém-nascida em meus braços coberta de sangue e de gosmas que trouxera de dentro da mãe. Eu só pensava em dormir e descansar, mas não podia deixar aquilo pela metade, precisava cumprir as etapas finais ensinadas por Neinha. Marelena chorava fracamente, mas tinha os membros perfeitos. Olhei com ternura para o padre. Sorrimos, pois tínhamos trazido vida ao mundo. Ficamos instantes apenas tocando de leve aquele ensaio de vida, sopro, milagre.

Quando despertei daquele momento de suspensão, parêntese do mundo, fui fazer as massagens necessárias para expulsar o que restava de Marelena de dentro da mãe, que ainda reclamava de dores. O que lhe saiu formou uma poça escura e grossa de sangue e tecidos.

Pedi ao padre que cuidasse de Carolina, que a limpasse com os panos que restavam limpos, pois eu cuidaria de Marelena.

Lembrei do que Neinha me ensinara: devia embrulhar a criança em um pano e cortar o cordão em duas partes, queimando as pontas. Cortei-o com a faca em dois lugares e ainda pedi ao padre um toco de brasa que usei para fechar as duas pontas do cordão: a da criança e a de Carolina.

Padre Alceu lavou Carolina com um pano que umedecia em uma cuia d'água. Ela apenas sorriu e olhou para nós três. Imaginei que agradecia. Sua respiração estava acelerada e curta. Ainda conforme recomendações de Neinha, cortei um pequeno pedaço do cordão que sobrara e coloquei na boca de Carolina. Pedi que o mastigasse bem e engolisse. Aquilo era forte, e ela estava por demais fraca e pálida.

Ela obedeceu, mas vomitou logo em seguida. Limpou-se e pediu para segurar Marelena. Quando lhe ofereci a filha de volta, Carolina deu-lhe o peito, e a criança sugou-o. No mesmo instante, senti uma pontada em meu seio direito, o mesmo que o bandido de brinco tinha beliscado, como que a me lembrar que nem sempre a vida é bonita.

Eu e padre Alceu estávamos satisfeitos. A vida se cumprira. Deitamos ao lado delas e, aos poucos, dormimos um sono merecido.

Quando o dia amanheceu, acordei sobressaltada. Tinha sonhado que Carolina e Marelena tinham sumido e que o padre me culpava e me chicoteava, punindo-me, dizendo que eu devia ter tomado conta delas, que ele não tinha essa obrigação, que de coisas do céu ele entendia, mas a mim ficariam as da terra. Quando me vi livre da bronca e do padre, olhei em volta e vi um rastro de sangue que persegui até chegar ao armazém de Perpedigmo. O dono do armazém segurava um machado, tão afiado quanto o que deixei com Neinha, e o brandia à minha frente com um sorriso nos lábios. Ele já havia decepado a mão das duas, mãe e filha, e ameaçava arrancar-lhes a cabeça e jogá-las para os urubus. Eu roguei que não, que não fizesse aquilo, que eu propunha uma troca, elas por mim. Ele me olhava com olhos que eram lábios, que se lambiam e babavam, e gargalhava, e depois olhava para o céu como quem conversasse com Deus e desafiava: viu?, com Perpedigmo é assim, é assim que eu tomarei mais uma de suas filhas.

Demorei para recuperar o fôlego, assustada que estava com o pesadelo que terminara com aquela cena suspensa de um mortal a desafiar o Criador. Quando me acalmei, respirei fundo, olhei em volta e pude ver que Carolina não estava bem. Sua pele parecia macilenta, os olhos fundos e a respiração rasa, de tão imperceptível. As unhas dos pés e das mãos estavam arroxeadas. Uma enorme mancha de sangue emoldurava quase todo o seu corpo, o que não estava previsto, pois, conforme Neinha, após o parto, o corpo da mãe devia fechar-se para se preparar para o próximo filho. Eu me culpei, pois devia ter feito algo errado no parto e porque deveria tê-la vigiado durante toda a noite. Se não tivesse errado ou dormido, aquilo não teria acontecido. Mais um pecado para a minha lista. Sacudi o padre para acordá-lo e disse--lhe que precisaríamos levá-la dali.

— Aonde, mulher de Deus? — respondeu, acenando desanimado para a imensidão silenciosa à nossa volta.

— Estamos a não sei quantas léguas de qualquer coisa! Sugeri que fizéssemos uma cama com panos e folhas e acomodássemos mãe e filha ali. Daríamos um jeito de amarrar a cama improvisada no cavalo e seguiríamos viagem.

— Para onde você quer ir? — padre Alceu repetiu, apesar de ter considerado boa a minha ideia de transporte.

Ele devia saber, já que tinha nos metido nessa viagem de doido a pedido de algum bispo, mas eu lhe respondi que deveríamos ir na direção da serra que parecia duas tetas invertidas e, em seguida, apontei para elas. O padre olhou na direção para onde eu apontava e franziu o cenho.

— Que serra, Nina? — perguntou como quem fala a um doido. — Não tem serra nenhuma ali.

Atônita, eu olhei para o padre e para as duas tetas que despontavam no horizonte, visíveis e móveis, claras e óbvias, e me perguntei se ele estava cego ou eu, louca. Nunca houve a tal serra, eu achei ter escutado sua voz dizer, você é que falava dela, mas eu nunca vi nada parecido.

— Sol à esquerda de manhã e à direita à tarde. Essa é a única verdade — confirmou.

Mas a serra esteve ali desde sempre, teimosei para mim mesma, vendo ao longe suas escarpas verticais salpicadas de uma vegetação teimosa de cores alegres. Ela sinalizava aonde devíamos ir.

— Mas uma coisa é certa: é mesmo para aquela direção que devemos seguir. Em breve, chegaremos a Juazeiro.

O padre seguia puxando o cavalo de Perpedigmo, que puxava Carolina. Marelena, embrulhada nos panos mais limpos que eu encontrara, seguia, quieta e acomodada entre os seios da mãe cada vez mais lívida. O céu estava branco de nuvens, mas não caía uma gota sequer. Um bando esperançoso de urubus teimava em nos acompanhar. Pensar que, morta, eu serviria de banquete para aqueles bicos me fazia sentir arrepios. No meio da tarde, Carolina acenou para mim. Eu me aproximei para ouvi-la:

— Se eu não aguentar, cuide de Marelena por mim.

Eu me repeti e retruquei que não seria necessário, pois ela se recuperaria, embora não tivesse tanta certeza daquilo. Ela sorriu fracamente e voltou a fechar os olhos. Seguimos silenciosos.

Tão logo eu ouvia o choro fraco de Marelena, pedia que parássemos, pegava a menina e a colocava para sugar o seio de Carolina. A mãe, braços fracos estirados ao lado do corpo, apenas olhava a filha e sorria fracamente, dando-me permissão. Toda vez que ela sugava a mãe, meu seio dava uma pontada, uma dor quente, um troço esquisito. Depois, Carolina pedia água, bebia pouco para não vomitar e me rogava para voltar a descansar. Era a senha para eu fechar sua blusa sobre o seio, acomodar a pequena sobre o seu corpo e acenar com a cabeça para o padre, que voltava a puxar o pangaré de Perpedigmo.

Seguimos assim, apreensivos com o estado de Carolina, que continuava a sangrar e só abria os olhos quando a filha chorava pedindo mais leite. Foram dois dias sem chuva e sem passantes cruzando o nosso caminho. À minha frente, eu via a serra das duas tetas invertidas, que eu aprendera ser uma miragem inventada por mim. Mas ela estava lá, eu sabia, além de qualquer lugar que pudesse existir.

No terceiro dia cedo fui acordar Carolina, mas ela não despertou. Teimosa, fui sacudi-la e vi que seu corpo estava frio como o orvalho que caía em minha cidade. Ela não estava respirando. Não sorriria mais daquele jeito desengonçado de quem está muito fraca, depois de Marelena sugar seu seio. Não me daria mais qualquer conselho nem sorriria para mim daquele jeito de quem pede desculpas.

Quando procurei o padre, vi que ele já cavava o solo seco com as próprias mãos a coisa de 20 metros de nós. Em silêncio, para não acordar Marelena, levantei-me e fui ajudá-lo com lágrimas nos olhos. Quando me aproximei, caí abraçada a ele. Chorei por Carolina, por Neinha e por Inara. Mas também chorei por minha mãe que eu não conhecera e que se apelidara de Marlene, mas podia ser de qualquer jeito nomeada.
Até de quenga.
Puta.
Quando estava sem lágrimas, descobri que também chorava por mim.

A cova era rasa, mas acomodaria bem o cadáver de Carolina, protegendo-o dos urubus. Estávamos exaustos de cavar com as mãos e sujos da cabeça aos pés, e Marelena ensaiava acordar. Eu ainda chorava a seco quando a peguei e a coloquei para sugar o seio da mãe. Eu não sabia se uma mulher morta ainda teria leite, mas não custava tentar. A criança chupou com força e eu a ajudei, espremendo os peitos da mãe, que já começavam a esfriar, mas manaram o necessário para alimentar Marelena, que aquietou. Voltei a sentir meu peito doendo, e de lá vinha o mesmo cheiro de tabaco velho e estrume.

A criança voltou a dormir quando eu a acomodei entre os panos que tínhamos e que ainda não estavam ensanguentados. Me deixei olhar para a menina dormindo e pensei que eu devia ter mais ou menos esse tamanho quando fui entregue ao padre. Curioso: essa lembrança não era minha, mas uma mistura das memórias de dona Lia com as poucas que o padre contava.

— Não acho que vá sair mais leite de Carolina — disse o padre, tocando em meu ombro e me acordando de um devaneio. — Deixe a neném nesse canto e vamos dar à mãe um enterro cristão.

Colocamos o corpo de Carolina na cova e o cobrimos. Eu não parava de chorar. O padre ajoelhou-se e iniciou uma Ave Maria, que depois foi emendada com um Pai Nosso, como na missa. Fechei os olhos e rezei junto. Eu não sentia aquelas orações, elas eram ditas de modo automático, decoradas, e muitas daquelas palavras não faziam sentido para mim, mas eram o que tínhamos naquele momento. Repeti-as, lembrando das outras vezes que o fizera. A ideia de Deus que eu tinha então era a de um guardião bravo, de um pai implacável com os erros de seus filhos, imperfeitos como eu.

Abri os olhos e olhei atentamente para o padre. De olhos fechados, ele as repetia igualmente de modo automático. Olhei em volta e procurei algo, luz ou presença, que se assemelhasse àquele Deus que o padre tinha me ensinado, mas nada se parecia com as histórias que ouvia

nos sermões ou que eu lia nos missários que chegavam de tempos em tempos do bispado.
Tomei coragem e interrompi padre Alceu no princípio do Credo. Perguntei-lhe se agora, depois de tantos anos, ele ainda sentia aquelas palavras que dizia. Ele apenas olhou mudamente para mim por instantes, suspiroso, olhos indecisos. Quando abriu a boca para me responder, foi interrompido pelo trotar dos cascos no chão seco. Como da primeira vez, logo em seguida chegaram os cavalos e o rastro de poeira.

Eles nos circundaram como da primeira vez, levantando uma nuvem. Eu peguei Marelena nos braços e coloquei um pano fino sobre seu rosto para protegê-la do pó. Eles desmontaram e fizeram o mesmo círculo que da primeira vez.

— Cadê a buchuda? — perguntou a loura gorda.

O padre apenas olhou para o monte de terra fofa sob o qual estava o corpo de Carolina. Eu enxuguei as lágrimas e entrevi um rastro de tristeza quando a loura soube do destino da mãe da criança que estava nos meus braços.

— Tá aí?

Eu estava com medo, mas acenei que sim e me adiantei, dizendo que ela não suportara o parto, dois dias atrás. Desde então, só sangrava. Que eu cuidaria da menina, a pedido da mãe. Que, se eles quisessem roubá-la, teriam que me matar, pois eu tinha dado a minha palavra a Carolina.

A loura se benzeu, acompanhada pelos seus comandados, aproximou-se de mim e levantou o pano fino com dedos de cerzedeira. Marelena dormia. Por alguns instantes, o rosto da loura transpareceu algo como o encantamento. Ela chegou até a passar as costas da mão sobre o rostinho do bebê, como uma mãe ou uma tia fariam com uma criança recém-chegada à família. Então suspirou fundo, fechou os olhos e, de novo endurecida, tatuou um sorriso sarcástico no rosto antes de provocar, olhando-me de alto a baixo com olhos predadores como os de um homem desejoso de mulher:

— Ninguém quer tirar essa criança do teu colo, garota — e então passou a mão espalmada em minha bunda, levantando o tecido e olhou para mim como quem olhasse para uma onça de carne de boi.

— Você avolumou de duas semanas pra cá. E tem gente que te quer desde que te viu pela primeira vez. Agora então, mais ainda.

Quatro ou cinco homens começaram a se bolinar, olhando para mim. Como da primeira vez, o careca tirou o pênis das calças e passou a mexer nele ritmadamente. Padre Alceu se colocou entre mim e eles.

— Vocês terão que matar um homem de Deus, se quiserem tocar nessa *menina*! — disse, frisando a palavra "menina".

Dois homens pegaram em armas, um pegou uma corrente e a empunhou, preparado. Depois de um silêncio em que deu para escutar o ar batendo nas asas de quatro urubus a distância, a loura disparou a gargalhar, seguida pelos outros.

— Ninguém vai tocar na sua *menina*, padre. Eu prometo. Afinal, a criança precisa de mulher pra tratar dela. Mas...

— Mas o quê? — ele perguntou, voz receosa.

— O senhor, padre, vai me responder uma coisa, e tem que ser sincero comigo.

— Eu prometo.

Ela novamente se aproximou de mim olhando-me como algo a ser avaliado e negociado antes de perguntar:

— Desde quando o senhor quer ela, padre?

Padre Alceu engasgou-se.

— A Vanusa tá querendo saber — atalhou o de cavanhaque. — Desde quando o senhor quer comer a menina? Ou quer que a gente acredite naquela balela que criou ela pra Deus?

Eu olhei direto para o padre, sentindo a dor nos seios aumentar, como se uma adaga gelada tivesse sido cravada em cada mamilo. Um calor que cada vez mais eu conhecia também invadia meu corpo e tomava minha consciência, tornando tudo em volta obscuro. Jamais tinha pensado que o padre pudesse um dia me querer como mulher, e aquilo me assustava e excitava.

Depois de controlar o calor, prendi a respiração, esperando a resposta. O sacerdote estava imóvel como um cupinzeiro. Nem respirava. Quando se moveu, me assustei. Pegou o pau que sempre levava com ele desde a *blitz*, empunhando-o como uma espada à frente do corpo. Sua voz parecia ter saído dos intestinos da Terra, tão grave e raivosa.

— Nunca! Nunca! — ele disse, vulcão em erupção. — Nunca mais digam isso de um homem como eu.

Ele falava e cuspia um ódio que eu jamais vira, nem nos seus sermões mais inspirados. Estava vermelho, e veias inchavam-lhe, espalhadas pelo rosto e pescoço.

— Essa menina eu peguei para criar. Uma órfã. Chegou recém-nascida na casa paroquial da igreja pelas mãos... de uma pobre mulher.

Neste momento, olhou para mim, o que fez arrefecer o seu ódio.

— Se eu não fosse padre, poderia lhe pedir para me chamar de pai.

Deixei cair uma lágrima. Desde pequena eu queria ser enfilhada por alguém. Padre Alceu me dizia que um sacerdote não podia ser pai, pois Deus era o único Pai que reinaria em qualquer casa paroquial do mundo. Se ele se arvorasse a me enfilhar, estaria a afrontar o sagrado, dizia. Em seguida, contava a história de um homem que, numa terra e num tempo distantes, roubou a luz do deus dele e foi punido com urubus e carcarás comendo-lhe o couro durante os dias de um sempre que nunca findava.

Passei a vida a sonhar com o dia em que um homem desconhecido, embrutecido pela lavoura de domingo a domingo, pele assim anoitecida feito a minha, olhos meio assim feito os meus, mãos como essas minhas, de dedos curtos e finos, sorriso que indagasse a própria existência, apareceria na casa paroquial, confessaria ser meu pai e me levaria para viver com ele. Só que esse homem, se ainda vivo fosse, certamente nem desconfiava de minha existência.

— Então enfilhe ela — a loura disse, lendo meus desejos.

Esse homem talvez não habitasse mais o mundo dos vivos, mas talvez tivesse a mesma mancha em formato de cruz que eu trazia no flanco esquerdo do corpo, ali embaixo da última costela, o mesmo dedão do pé no formato de um jabuti, unhas pequenas e afundadas na carne como se quisessem se esconder de algum predador.

— Não posso — respondeu padre Alceu.

Ela abaixou os olhos e balançou negativamente a cabeça em silêncio.

— Então o que eu dou aos meus homens, padre? Eles não vão aceitar sair de novo sem nada.

O padre olhou em volta, desanimado, sacudiu os ombros como quem perdeu no jogo e, no fim, apontou para o cavalo de Perpedigmo.

— Levem ele. É o que temos.

A loura riu desabrida, virou as costas e montou em seu cavalo.

— O senhor quer que eu faça o quê? Puxe esse pangaré e canse o meu cavalo? Pode ficar com ele, padre.

Sem avisar, o cigano, um dos que vinham se bolinando desde o início da conversa, correu em minha direção, arrancou Marelena de minhas mãos, colocou-a ao pé de um arbusto meio seco, me jogou no chão e arriou as calças antes de cair sobre mim. Só tive tempo de juntar os braços na frente do corpo, última tentativa de evitar o ataque. O peso do homem não me deixava respirar e o seu cheiro, desta vez um cheiro que me lembrava peixes com moscas, invadiu meu nariz, mas em vez de querer levantar o meu vestido e fazer o que eu temia que fizesse, ele permaneceu imóvel como um corte de pano em cima de mim. Reuni todas as minhas forças e, quando consegui em parte expulsá-lo, em parte sair debaixo dele, vi que da sua nuca saía um filete fino de sangue.

Peguei Marelena de volta e me recompus para ver o que estava à minha volta. A um metro de distância, padre Alceu empunhava seu galho, cuja ponta estava metade quebrada. Seus olhos tinham um misto de alívio e surpresa. Parecia querer entender por que fizera aquilo. Foi quando respirou fundo e virou-se para a loura:

— Isso foi a ira de Deus, nada menos do que isso. Agora, alguém carregue esse diabo daqui, se não bato mais quando ele acordar. E vocês todos, vão arrumar alguma coisa melhor para fazer na vida! Aqui não tem mais nada que lhes interesse.

Misturou tudo. De uma hora para a outra, padre Alceu, aquela pessoa plácida e calma, agora era uma fera que me defendia contra o mal do mundo. Um homem que, mesmo santo, tinha ferido outro homem e ameaçara feri-lo novamente, se fosse necessário. O mal, eu pensei, muda seu efeito, a depender da pessoa.

Quietos, todos montaram em suas bestas. O careca arrastou o cigano e amarrou-o ainda inconsciente ao próprio corpo como carona. Aquele que vinha de carona montou o cavalo do desmaiado. Partiram em trote solto, sem alarde, deixando-nos sozinhos com um bebê, que agora não parava de chorar.

Nova

Marelena estava com fome, coitada. Nós até aceleramos o passo da nossa viagem, pois estávamos sem Carolina e montados no cavalo de Perpedigmo, mas sofremos para aquietar a fome da pequena. Tentamos de tudo, de água e frutas maduras que encontrávamos pelo caminho a fiapos de carne seca que eu lhe metia na boca sem largar, com medo de a bichinha se engasgar com aquilo, mas tudo o que era mais duro não se desmanchava na boca de Marelena, que esfarelava aquilo sem dar gosto para a coisa e acabava cuspindo de volta.

Ela precisava de leite de mulher, vaca, cabra. Estávamos sozinhos, e não víamos animal que pudesse ser ordenhado para resolver aquele problema.

Então algo aconteceu naquela noite, depois que enterramos Carolina e nos livramos dos bandidos pela segunda vez. Padre Alceu dormia o sono das pedras, e Marelena ranhetava com fome em meu colo. Um céu estrelado olhava para nós, mudo feito um nó na garganta, às vezes arranhado por uma ou outra estrela cadente. Eu estava troncha de sono, mas a criança não dormia. Até que, graças ao Deus do padre Alceu ou aos movimentos aleatórios do mundo, a sua boca por acaso veio dar em meu mamilo esquerdo, assim, por cima mesmo do vestido. Pareceu que ela gostou do formato daquilo, fez boca de encaixe e eu, confusa, com sono e intranquila com tudo o que acontecera naqueles dias, antes de me certificar de que o padre estava mesmo dormindo, arriei uma alça e a deixei sugar meu peito.

Eu não sabia se uma menina como eu podia ter leite, mas, por alguma razão, Marelena aquietou me chupando. Sua mão espalmou-se em meu peito perto do mamilo e ficou abrindo e fechando, como quem mistura uma massa de pão, carinho estranho vindo daquela tão miúda criatura. Pensando em ajudá-la, eu arqueei as costas para dar mais forma de chupeio ao pouco peito que tinha.

Foi uma sensação gostosa, que mexeu com outras tremuras que eu ainda precisava decifrar de meu corpo, como se todas as estrelas cadentes estivessem me percorrendo por dentro. Arrepiada, fechei os olhos, recostei a cabeça na pedra ainda morna do dia, que fazia as vezes de espaldar de uma cadeira, e aproveitei aquele que era o meu primeiro momento íntimo com algum vivente. Agradeci àquele céu sem Deus e fechei os olhos, sentindo a boca pequena me sugar.

Marelena me chupou até dormir. Eu adormeci com ela pendurada em mim, sentindo-me estranhamente crescida e quase mulher.

— Nina, você está bem?

Acordei assustada. Abri os olhos e tive que protegê-los do sol quase branco, de tão forte. Padre Alceu estava de pé e com uns olhos esbugalhados de surpresa. Marelena dormia em meu braço, um fio de sua saliva me escorrendo pelo cotovelo. Morta de vergonha, subi a alça do vestido e escondi o seio do olhar que o padre desviava. Ele não doía mais. Quando olhei para onde os olhos do padre se dirigiam, voltei a sentir vergonha: durante a noite, saíra meu primeiro sangue, e meu vestido, mais clarinho, tinha uma mancha meio vermelha, meio marrom entre minhas pernas. Eu tinha virado mulher.

— Precisamos trocar esse vestido. Onde...?

Eu lhe indiquei onde estava o saco de pano grosso em que eu guardava minhas coisas. Desajeitado feito um jegue depois de se empanturrar de uma carreira de milho, ele trouxe o vestido que eu colocara no primeiro dia da nossa viagem e que havia sido lavado em Neinha, o amarelo. Até pareceu que aquele vestido fora predestinado para principiar coisas: foi ele que vesti no primeiro dia de nossa viagem, e foi ele que usei em meu primeiro dia como mulher. Sorri ao pensar nisso e, em seguida, pedi que o padre segurasse Marelena e se virasse para eu me trocar.

— Precisamos de panos de mulher para lhe aparar o sangue — ele me ensinou em voz baixa para não acordar Marelena, enquanto eu me trocava atrás de um arbusto.

Olhei mais atentamente para o meio das minhas pernas manchadas de sangue. Dali escorrera um sangue que coagulara e endurecera, grudando-se aos meus pelos ainda poucos. Molhei o vestido manchado e me agachei para me limpar. Foi quando desceu um sangue grosso, meio parecido com o que saíra de Carolina depois do parto. Tive dúvidas se também morreria, mas resolvi não pensar naquilo e apenas me limpei. Coloquei o vestido novo sem calcinha mesmo, para não incomodar padre Alceu com mais coisas de mulher.

Coisas de mulher, pensei.

Sorri.

Antes de pegar Marelena de volta, cuidei de jogar terra sobre o sangue grosso que saíra de mim e que o solo ainda não deglutira.

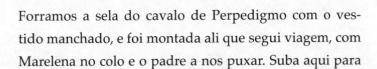

Forramos a sela do cavalo de Perpedigmo com o vestido manchado, e foi montada ali que segui viagem, com Marelena no colo e o padre a nos puxar. Suba aqui para irmos mais rápido, eu lhe pedi, há espaço, mas ele alegou que preferia andar um pouco, mesmo atrasando a viagem. Depois eu pensei que daquele jeito seria melhor. Me imaginei manchando com meu sangue de mulher a batina sagrada de um padre. O seu cheiro me agradava ainda mais, e seria bom senti-lo mais próximo, mas eu me contive, apertei forte o Jesus preto que pendia em minhas costas e resolvi não insistir.

De vez em quando, Marelena reclamava de fome. Eu me certificava de que o padre não estava olhando, descia uma alça do vestido e a deixava me chupar. Quando isso acontecia, eu tinha a sensação de que meu corpo não pertencia mais a mim, mas a ela, ao local que deixáramos para trás e que ainda digeria aquele meu sangue grosso, a Neinha, a Inara, a dona Lia e a todas as outras que um dia foram sugadas por um ser pequeno feito aquele que eu levava no colo. Eu nem mãe era, recém-moça, mas me sentia de um jeito parecida com elas, com elas irmanada.

Dores, mesmas.

Por duas vezes, quando Marelena estava pendurada em mim, ele se virou e não baixou os olhos dos meus peitos à mostra. Eu não parei de olhar para ele, queixo empinado, e ele não tirou os olhos, mesmo titubeantes, de mim. Ao contrário, ficou olhando para eles, mamilos ainda pequenos obedecendo à marcha lenta do pangaré, como quem via Jesus Cristo em pessoa, um encantamento brilhando os olhos do padre e uma cambada de ideias saltando na minha imaginação feito bolhas cadentes de sabão, deslizando frouxas. Gostei daquilo, mesmo sem entender.

Uma boa parte do meu orgulho de mãe emprestada desapareceu no momento em que eu percebi não ter leite: eu carregava apenas um par de chupetas. Me certifiquei disso à noite, quando secretamente espremi meus peitos para fazer o teste. O máximo que consegui foi fazê-los doer como doeram no dia do beliscão até quando Marelena se pendurou neles pela primeira vez. Eu não tinha leite, mas meu peito aquietava a menina, que já se acostumara à comida parca: ao salgado da carne seca, que eu lhe deixava mastigar com as gengivas, e às frutas que encontrava no caminho e ela as bolia na boca para depois deitar fora, além da água que eu não lhe deixava faltar.

Nunca mais senti a dor da beliscada do cigano no seio nem sentiria mais aquele futum de tabaco velho e estrume de cavalo saindo de meu corpo. Agora apenas sentia as emanações de Marelena, e era apenas para ela que eu olhava. Ela me limpara daquelas sujidades.

Toda vez que escutava o barulho da menina me sugando, o padre se virava, me encarando mudo. Eu devolvia o olhar com um sorriso que não conseguia disfarçar. Ele, carranca. Eu, doida. Sentia como se o andar do mundo dependesse daqueles dois pontos marrons minúsculos que eram meus mamilos. A lógica, a ordem, os segredos, todos, partiam dali e para lá retornavam, eixos magnéticos do meu universo. Eu me senti dona de um mundo só meu e de Marelena, pois eu sentia que ela existia graças a mim. A sombra de Carolina vivia atrás de uma neblina, como se a sua existência se justificasse tão só para que, naqueles dias, eu tivesse Marelena comigo, pendurada em mim, grudando aqueles enormes castanhos nos meus pretos.

Chegamos a Juazeiro no dia seguinte, então pudemos alimentar Marelena com o leite de uma cabra que encontramos solta ainda na entrada da cidade. Oferecemos a conta-gotas, num copo improvisado feito de folhas, o leite que ordenhamos ali mesmo. Depois disso, ela dormiu pesado como nunca.

Andamos mais um tanto. A cidade começava a se mostrar com seu casario pobre e suas ruas vazias, tendo ao fundo a serra das duas tetas invertidas. Estávamos no fim da tarde. Procuramos e pedimos pouso na Matriz de Santo Afonso. Hamilton, o pároco da Matriz, era um homem pequeno, muito branco e redondo, como redondas sempre foram as pessoas mais felizes que conheci. Ele nos recebeu sem cerimônia e com muita gentileza, como se estivesse nos esperando. Tinha óculos quadrados de lentes grossas que aumentavam seus olhos e ajudavam a transformá-lo numa caricatura de si mesmo. Ficou satisfeito quando padre Alceu lhe contou da missão de levar Carolina, de sua morte, e agora do compromisso de levar Marelena até o destino traçado.

— Sejam bem-vindos — disse, emendando em seguida: — Mas agora não é hora para falarmos de política. Entrem logo, que já vai passar.

Não entendi o que ele disse, mas, mesmo assim, segui os dois religiosos, que entraram de braços dados na casa paroquial. Padre Hamilton caminhou esbaforido até uma caixa e girou um botão. Mandou-nos sentar num sofá em que afundamos. Um som agudo preencheu a sala, e em poucos minutos, o meu mundo se transformou: da caixa saíram imagens e sons. Como num cinema, só que espremidas naquela caixa, as imagens eram em preto e branco, como nos filmes mais antigos, não coloridas como o mundo.

— É uma televisão — ele ensinou. — Comprei para a paróquia há menos de um mês. Quase todo dia eu a viro para a calçada e amontoa gente para vê-la. Fora uma coisa ou outra, só tem sem-gracice, mas hoje é um dia especial, vocês vão ver por quê.

Aquela caixa mostrava um homem de terno. Ele estava sentado e olhava como se fosse para nós. Dizia que uns homens tinham viajado até a lua.

— Voaram até a lua? — perguntou padre Alceu, atarantado. — Como?

— Num foguete enorme. Olhe, vai passar! Eles já pousaram lá — respondeu, compenetrado, padre Hamilton, olhos naquela caixa e dedo apontando para o alto.

A televisão então mostrou um homem que vestia um macacão branco e andava como se estivesse sem pressa por um lugar que parecia alguns que eu já conhecera, só que o da televisão não tinha uma planta sequer. Ele fincou uma bandeira com listras e estrelas naquele solo seco. Depois, foi mostrada uma fotografia do mesmo homem, que apontava para o alto. Na direção do dedo dele, perdido no breu do espaço, estava algo que se parecia com a lua, só que com desenhos diferentes em sua superfície.

— Aquilo que ele está apontando é a Terra, Nina — padre Alceu ensinou. — Eu já vi ilustrações. Ela é quase toda azul porque de um azul magnífico são os mares. Mas ela também é amarela, como nos desertos, e verde nos lugares onde há vegetação. A Terra é linda!

O homem chegara à lua.

Ao fim de tudo, ficamos quase uma semana em Juazeiro, mas aquela imagem de um homem passeando pela lua não saía da minha cabeça. Às noites, assim que Marelena dormia, eu saía lá fora e ficava a olhar para aquela bola amarelada boiando no céu. Duvidava que daqui da Terra conseguisse ver aquele homem vestido com macacão branco, mas, mesmo assim, espremia os olhos para tentar. O máximo que conseguia era ver que a lua tinha umas manchas antes despercebidas.

Numa noite, saí para o quintal dos fundos da casa paroquial, mas a lua estava encoberta e minguando.

Mesmo assim, deitei entre as folhas caídas e as formigas sempre famintas e fiquei a olhar para o céu, fazendo-o de tela para o cinema de minhas lembranças. Ali eu me revi pequena a correr pela casa paroquial, perseguida por dona Lia; a minha Riacho da Jacobina, tal qual me lembrava desde sempre, pois, por toda a eternidade, continuaria como desde sempre foi; revi os corpos dos meninos mergulhando no Mucugipe, balançando-se e sacudindo-se; o jegue que vivia amarrado ao marrão da delegacia; revi nossa partida, a caminhada, a *blitz*, os bandidos montados em cavalos reluzentes de suor, Inara, Perpedigmo e suas inúmeras esposas; voltei a me amornar com o olhar de Zé Sebastião me devorando do lado de lá do longo corredor do armazém, coalhado de prateleiras, produtos e desejos; Neinha e Tomé; revi Marelena saindo de um lugar improvável entre as pernas de Carolina, lugar que eu tinha um parecido, e o cheiro daquela criança, misturado ao sangue e aos líquidos que saíram de Carolina, que pela primeira vez invadiu minhas narinas para me conquistar para sempre; revi Carolina minguando feito fruta madura ao sol, encolhendo até morrer calma, calada e só; revi a boca de Marelena pendurada em mim e, em seguida, o meu sangue a descer pela primeira vez, como se tudo em mim estivesse represado para esperar por ela. O mundo rodou ao contrário quando aquela boca pequena encontrou meu mamilo pela primeira vez, pois eu passei a existir para aqueles momentos de intimidade que até então jamais compartilhara com ninguém.

Acabei adormecendo. Despertei com uma cadeira sendo ruidosamente arrastada lá dentro da casa paroquial. Me preocupei com Marelena, mas não escutei seu choro em seguida. Permaneci calada e escutei a conversa dos padres. Eles reafirmaram o que Carolina me contara: que a criança era filha de um tal Carlos, conhecido guerrilheiro, inimigo dos militares que governavam o país.

— Tem notícias do bispo Jaime? — escutei a voz um tanto aguda do nosso anfitrião, depois de uma pausa em que julguei que ambos se serviam de alguma bebida.

— Jaime, Jaime... Não tenho notícias dele desde...

Escapamos de uma *blitz*, tivemos dois encontros infelizes com uma gangue montada, fomos acolhidos em duas casas, Carolina deu à luz a Marelena, morreu dias depois e agora a bebê e a garota eram sua incumbência: tinha de levá-las a Guaraciúna do Norte, padre Alceu explicou em seguida. Desde que pisamos na estrada, estávamos sem contato com a Igreja, portanto, não sabíamos de nada a respeito do bispo.

— Então você não soube do Jaime, meu querido? — padre Hamilton perguntou com um amargo na voz aguda.

Houve um silêncio que eu atribuí a um gesto negativo do padre.

— Jaime foi levado — continuou. — O que se conta é que bateram, noite alta, na porta da Diocese e pediram que ele fosse prestar esclarecimentos ao DOPS de Salvador. Mesmo sob os protestos do arcebispo, que alegou que ninguém tinha o direito de levar um homem de Deus, ele foi. Alguns dias depois, a Conferência dos Bispos comunicou a vacância: o lugar de Jaime estava vago e ele jamais foi encontrado.

— Quanto tempo isso tem?

— O tempo não importa. Jaime não volta mais, Alceu. Nem o corpo devolveram.

— Está com o Pai.

— Está com o Pai.

Entrei, tomando cuidado para que os sacerdotes não dessem conta de minha presença. Deitei-me silenciosamente ao lado de Marelena e abracei-a. Voltei a dormir pensando no bispo Jaime, que eu não conhecera. Mas sabia que ele tinha morrido pelo mesmo motivo que perseguiam o pai daquela criança: ele pensava diferente daqueles que mandavam no Brasil, os mesmos a quem padre Alceu sempre chamou de "os homens".

Em nossos últimos dias de Juazeiro, minhas preocupações passaram a se dividir entre aquele homem estar passeando na lua e "os homens", responsáveis pelo bispo Jaime ter sumido. Tive pesadelos deles invadindo a casa paroquial, noite alta, e levando Marelena ou maltratando os padres. Como a lua era distante demais, minha atenção voltou-se para o mais próximo: soube que o presidente da época chamava-se Arthur, usava óculos escuros e nem gostava de falar com os jornais nem de

pessoas que não pensassem da mesma forma que ele.
Naqueles dias, eu tive vontade de passear pela cidade e conhecer o rio São Francisco, tão famoso, mas padre Alceu ordenou que nem eu nem Marelena saíssemos dos muros da casa paroquial.

Do quintal cercado, eu tentava ver a lua toda noite. De resto, meus dias foram passados ajudando na limpeza, cuidando de Marelena e esperando a televisão começar. Conforme padre Hamilton, isso não acontecia todos os dias ou porque o sinal era fraco ou porque nem sempre alguma programação era transmitida. De qualquer forma, os dias se arrastaram, mas aquilo tinha uma coisa positiva: meu primeiro sangue parara de descer no período em que estávamos em Juazeiro. Seria desagradável ter de cuidar de mais isso no meio de uma viagem.

Mesmo assim, eu não entendia por que nós nos demorávamos tanto em Juazeiro, até que, uma manhã, padre Alceu comunicou:

— Partimos amanhã. Parece que não há mais perigo.

Diante de meu olhar desentendido, ele esclareceu:

— Havia uns homens na cidade procurando por nós. Eu e Hamilton ficamos preocupados que eles nos encontrassem, mas parece que agora está tudo bem. Eles já se foram. Podemos seguir viagem. Marelena está bem para seguir viagem?

Respondi que sim. Passei aquele dia preparando fraldas, separando coisas e descansando. Padre Alceu organizou as provisões e a água.

— Agora quem carrega todos os farnéis sou eu. Você já tem o peso de Marelena.

No dia seguinte, acordamos e partimos. Padre Hamilton foi conosco até a balsa que nos levaria a Petrolina. Explicou que usaríamos a balsa porque a ponte estava interditada por causa de obras.

Juazeiro era uma cidade grande, muito maior que a minha cidade, com comércio, mulheres bonitas e homens que não tiravam os olhos de minhas pernas, mesmo eu carregando um bebê nos braços. As ruas eram forradas de pedras, em vez de terra batida, como em Riacho da Jacobina. Era bonita, a cidade.

Mas eu fiquei ensimesmada mesmo foi na primeira vez que vi o rio São Francisco. Eu me maravilhei com a sua grandeza. Era muito largo, embora desse para ver sua outra margem, mas, olhando para os lados, ele se perdia no horizonte. Foi a primeira vez na minha vida que eu vislumbrei algo que se parecia com o infinito. Aquele rio não terminava.

Salpicadas aqui e ali, boiavam folhas de tamanhos e cores diversas, agitadas pela brisa que batia e acelerava seu percurso rumo ao mar. Aquelas folhas podiam estar boiando no rio há tanto tempo que não conseguia estimar de qual árvore elas tinham caído, o que as tornava parecidas comigo, que tanto caminhara nos dias últimos, e quem me visse jamais adivinharia minha procedência.

Além das folhas, vi boiar o corpo inchado de um cachorro e a cabeça de uma boneca ainda coberta de lama, que parecia olhar para mim como quem me convida para um mergulho. Fechei os olhos para escutar o barulho lento das águas escorrendo naquele enorme leito e, quando os abri, o corpo do cachorro havia enganchado mais à frente em uns galhos próximos à margem, mas a boneca já tinha feito a curva e sumido de minha vista.

Era bom olhar para o São Francisco e me imaginar folha, mergulhando naquela imensidão, flutuando naquele mundo de água e perdendo-me naquela infinitude, tão diferente das coisas que eu conhecia, todas tão finitas como os limites da casa paroquial e as paredes grossas da Matriz.

Aquele rio era o contrário da vida. Não terminava.

— O São Francisco é grande, mas a travessia não demora muito. Em pouco tempo, vocês desembarcam em Pernambuco — padre Hamilton avisou quando nos despedimos. — Cuidem bem da pequena.

Desejou-nos boa sorte e ficou a acenar lenços e adeuses, mesmo quando a nossa balsa já estava distante e não passávamos de um ponto no horizonte.

Juazeiro e Petrolina eram duas cidades irmãs porque dividiam e banhavam-se no mesmo Francisco. Depois que atravessamos o rio, percebi nenhuma diferença entre elas. Ambas faziam desfilar o mesmo casario defronte para as calçadas estreitas, as mesmas mulheres sentadas em cadeiras equilibradas nos finos meios-fios, eram habitadas por filhos da terra, fossem pretos, índios ou misturados, e apresentavam o mesmo descuido que cada cidade desse sertão sempre ostentaria.

À medida que passávamos, o povo saudava o homem de Deus que supostamente fazia romaria na companhia de uma jovem mãe e seu recém-nascido, e que lhe acompanhava apenas para ter aonde ir.

O plano era que margeássemos o São Francisco até onde conseguíssemos e depois pegássemos numa linha quase reta, sertão adentro, até Guaraciúna do Norte. No segundo dia, nos deparamos com uma enseada, um grande remanso onde o rio se alargava muito, tanto que não se podia ver a margem do lado de lá. O lugar estava deserto. Sugeri ao padre que parássemos para descansar e nos banhar. Aqueles seriam nossos últimos dias perto de um rio como o São Francisco, argumentei sem saber se estava certa.

— Ótimo. Vou amarrar o cavalo, e vamos descansar um pouco.

Desci do pangaré e levei Marelena para descansar na sombra de uma árvore, enquanto dei-lhe um pouco de leite fresco doado por uma família na véspera. Em seguida, tirei-lhe as roupas e entrei com ela na água. Eu e a pequena nos ríamos quando, de relance, vi o padre tirar a batina. Virei-me de costas para esconder minha vermelhidão. Ele entrou na água, mantendo uma distância cuidadosa de nós.

— Não fique acanhada. Eu uso cuecas grandes. Parece até que estou de calção — brincou.

Relaxei. Rimos. Eu entrara na água de vestido e tudo, mas protegia meus peitos da transparência do tecido usando o corpo de Marelena como escudo. Abracei-me a ela, náufraga das minhas comichões internas.

Em pouco menos de um mês de viagem, meu corpo tinha mudado, e eu vi isso no volume de meus peitos, que já flutuavam na água feito dois pequenos balões, inchados, à mercê da correnteza. Fechei os olhos e, depois de muito tempo, desde quando era criança e ignorava a obrigação de ser Nino, não senti o mundo como uma ameaça, mas como um lugar onde eu poderia apenas respirar, descansar e sorrir. Vibrei profunda e silenciosamente com o contato com a água, com o roçar do vestido, com a brisa daquela tarde e com o cheiro do padre que inundava o São Francisco e molhava meu corpo, que invadia meus poros e bagunçava minha respiração.

Quando abri os olhos, o padre flutuava a poucos metros de mim. Não era um homem atlético, mas por poucos segundos me permiti olhar para os poucos músculos que a água fazia brilhantes para mim, para lugares angulosos que sempre admirei no corpo dos poucos homens que eu pude olhar de perto. Lembrei--me das tardes em Riacho da Jacobina em que invejava a capacidade dos meninos de boiar, além de disfarçar meus olhares para os lugares daqueles corpos que eram diferentes do meu. Logo arredei olhar e pensamento de padre Alceu, mirando a margem invisível do São Francisco e, para mudar de assunto com as minhas sensações, disse que era mais eficiente em afundar, que não sabia boiar.

— Não é difícil. Encha o peito de ar e deite-se como se fosse para dormir. Você aprende fácil — respondeu, levantando e pegando Marelena de meu colo. — Vá em frente. Ela está quase dormindo. Vou colocá-la no seco e já volto.

Ele foi, aconchegou Marelena em uma sombra de árvore e voltou para a água para me ensinar. No início, me envergonhei das transparências de meu vestido e de alguns olhares rápidos do padre para elas, mas logo relaxei e me esqueci de me lembrar disso. Depois de meia dúzia de naufrágios, meu corpo acostumou-se à leveza das águas, relaxou aos poucos e eu consegui aprender o ofício de flutuar.

Para quem apenas teve o talento de afundar, aquilo foi como deixar de existir, perder o peso do universo, soltar-me no espaço feito aquele outro homem que brincava de flutuar no mundo de inexplicáveis levezas da lua, que até poucos meses atrás eu jamais suspeitava que pudesse ser pisada por pés humanos.

Brinquei de sentir a água que gentilmente batia em mim. Sentia-a em cada pedaço do meu corpo, agora leve, como se ela os estivesse despertando, como se lentamente cada centímetro de pele, músculo ou órgão emergisse de um sono de muitos anos. Se a superfície da lua era aquele deserto esbranquiçado e sem existência, agora eu me sentia cheia de cores imaginadas, viva como a Terra para onde aquele astronauta apontou naquele dia, na televisão de padre Hamilton. Boiar naquelas águas foi como nascer de outro útero.

A tarde escorreu lenta, flutuando segundos. Mais tarde, depois de verificar que o padre estava com os olhos fechados, eu voltei novamente a admirar secretamente o seu corpo. Ele estava de braços abertos, a boiar sobre as águas como um Cristo. No meio daquele momento de maravilhamento e de excitação, pela primeira vez percebi que, abaixo das costelas, ele tinha uma mancha em formato de cruz. Como eu. Minha respiração suspendeu-se com aquela revelação. Então algo se acendeu em mim. Fui xeretar o formato do dedão do seu pé. Tinha o mesmo formato de jabuti. Como o meu.

Em silêncio, sorri e voltei a boiar com o coração disparado. Um homem de Deus, afinal, não tinha o direito de se aliviar?, me perguntei em silêncio. Sem conseguir tirar o pensamento das nossas duas marcas coincidentes, lembrei-me que ele sempre pedira para que dona Lia trocasse minhas roupas e me desse os banhos, talvez porque não quisesse ver as suas marcas em meu corpo, como no dele, e certificar-se definitivamente de que eu encarnava o fruto do seu pecado com uma prostituta de codinome Marlene; de dona Lia, brava como um cão raivoso, que gritara comigo quando lhe perguntei quem poderia ter sido meu pai. Será que ela sabia do meu segredo? Será que desconfiava de tudo e nunca tinha tido a coragem de me contar a história que inventara sobre minha vida?

Apertei os olhos e o seu sorriso sem muitos dentes me encheu de alegria pela descoberta e pesar por não tê-la aqui para comentar com ela e nos alegrarmos com aquele desvendamento. Senti uma mistura de felicidade por ter constatado algo por que sempre procurara; e vergonha de ter sentido as comichões que sentira com o homem que me gerara e que flutuava ao meu lado.

Para me dar tempo de entender minha descoberta, perguntei-lhe se na lua nós flutuaríamos mais que no São Francisco.

— Na lua tudo é mais leve, Nina — respondeu sem nem abrir os olhos. — Lá não tem atmosfera. Tudo é mais leve do que aqui na Terra.

Atmosfera. Fiquei maravilhada, embolando aquela palavra linda e sonora em minha cabeça, desejando que uma hora seu significado emergisse como uma luz divina, o que não aconteceu. Em vez disso, várias imagens me vieram à mente, concorrendo para significá--la: uma bola colorida, um jabuti falante, um relógio que andava para trás, um animal feroz que brilhava à noite, um planeta bem bonito flutuando no escuro do universo, um universo arredondado onde as coisas tivessem a justeza que não tinham neste. Atmosfera podia significar tudo isso. Ou nada.

Anotei mentalmente aquela palavra linda e fiquei boiando até o céu se destingir de cores e virar um abismo de estrelas insanas para mergulhar em mim. Eu, com minha mancha em formato de cruz e meu dedão em forma de um jabuti em miniatura, virei escuridão e silêncio, gritaria e luz. Sem peso, sem sons, sem nada.

Virei, enfim, Nina.

Partida

Chegamos a Guaraciúna do Norte pouco antes do meio-dia. Padre Josué nos esperava, ladeado por uma mulher muito magra, que carregava no pescoço um crucifixo que parecia pesar mais do que ela, e outra, bem mais preta que eu, com tetas enormes e uma criança mamando avidamente em uma delas. Aquilo era humilhante para os meus ensaios de peito de recém-mulher.

Padre Josué apresentou-nos a dona Letícia, matriarca mais antiga de Guaraciúna, e a Avenir, mulher que eu descobri pertencer a uma linhagem de pretas que trabalhavam para a família de dona Letícia desde o tempo dos escravos.

— Me passe essa neném — pediu uma sorridente Avenir. — Pela mirrice dela, não deve ver leite de mulher tem muito tempo.

Olhos baixos, murmurei um quase nunca que provocou uma piedade que eu vi escorrer dos olhos das duas mulheres. Dona Letícia pegou o pretinho de Avenir no colo, e a preta pegou Marelena de mim e a colou nos peitos rotundos de mãe de leite acostumada ao ofício. A coitadinha mamou até dormir pesadamente, com um fio de líquido branco escorrendo dos beiços.

Fui lavar nossas roupas. O cheiro de Marelena e do padre, ora numa ora noutra, me bagunçaram olfato, certezas e vontades. Meu desejo era nunca mais deixar de sentir o cheiro de Marelena, tê-la para mim até o fim dos tempos, embora sentisse que eu não teria mais serventia para ela, tamanha a oferta leiteira de Avenir.

Já o cheiro do padre provocava sentimentos novos, diferentes daqueles de quando eu espionava suas protuberâncias nos banhos da casa paroquial de Riacho da Jacobina: pela primeira vez na vida, eu identificava nele um cheiro que me remetia a afeto. Nem dona Lia, com todas as suas cuidâncias de mim, tinha aquele cheiro: lenho e calmo, saboroso e amoroso.

Lavei aquelas roupas como num lamento, como um adeus, pois o sabão expulsaria delas seus cheiros. Sentia-me um pouco como aqueles cheiros, que iam ralo abaixo, inúteis e indesejáveis.

— Não, Nina. Você não tem idade para enfilhar uma neném tão pequena. Nem leite você tem.

Foi assim que padre Josué me desanimou de ficar com Marelena, desejo que manifestei com voz que teimava em não ser silêncio. Ainda argumentei que me sentia como se mãe fosse, que a apanhara do meio das pernas de Carolina com minhas próprias mãos, que ela já me conhecia, me cheirou, me sugou e foi carregada em meus braços por vários dias. Que nada. Eu era nova, merecia construir uma vida nova com um homem que cuidasse de minha vida. Mesmo sabedora de que eu sabia zelar bem por mim, graças aos dias em que rasgamos o sertão sozinhos até Guaraciúna, aquiesci e calei.

Dois dias de mansidão se passaram. Acordei tarde naquela manhã, pois escutara a conversa dos dois padres graças aos meus olhos, que pesavam menos que minha curiosidade.

— Soube de mais alguém, além do bispo, que tenha desaparecido? — perguntou padre Alceu.

— Muita gente da Pastoral, da Teologia, das comunidades de base... leigos, então, muitos. E o pior: parece que o próximo general será pior que o atual, então precavenha-se. Soube há pouco que um tal André, de Mossoró, foi levado e devolvido coisa de dez dias depois sem unhas e sem dentes. Dizem também que não bate bem da cabeça desde então.

— E... Deus nisso tudo, Josué? — perguntou padre Alceu, pegando o colega desprevenido. — Onde está?

Eu me arrumei de lado, de modo que pudesse abrir os olhos e não ser vista por eles. Diante do silêncio do pároco de Guaraciúna, padre Alceu continuou:

— Desde antes da nossa partida, Josué, minhas conversas com Deus escassearam, pois eu passei a duvidar dele e de sua justiça.

— Deus não é responsável pela política, meu querido. Muito menos pelas loucuras que são feitas em nome dela.

— É dever do pai cuidar dos seus filhos, Josué. É dever.

Os dois religiosos alisaram um longo silêncio de imobilidades. Josué suspirou antes de perguntar:

— O que de verdade se passa em seu coração, Alceu?

— Quando saí de Riacho da Jacobina e iniciei essa viagem de doido, já tinha pensado nessa possibilidade. Não posso mais liderar um rebanho, meu querido, não sem acreditar firmemente nos propósitos divinos. Daqui eu sigo para a cidade de minha família, Foz da Esperança. Preciso que você arrume uma família que pegue Marelena para criar. Não vai ser difícil, nova e linda que ela é. Nina é prendada, encontra trabalho fácil, quem sabe algum rapaz de bem que goste dela.

— Essa decisão...

— Já está tomada, Josué.

— Sinto muito. Quando quer partir, meu querido?

Quando ele respondeu, eu já espremera a primeira lágrima.

A primeira casca de sol já ameaçava lamber o longe. A passarinhada agitava-se, catando minhocas distraídas do andar do relógio do mundo e bicando sementes de um jerimum que, esvoaçado de moscas e de madureza, estourara na véspera por causa do sol quente.

Meus últimos dois dias tinham sido de sofrimento e de modorra. No primeiro, uma senhora distinta da região viera pegar Marelena, munida de documentos e de um advogado bêbado de rapapéis. Levou-a num Aero Willys brilhando, motorista que transpirava litros no quepe e no paletó, e acenou adeuses com um lenço de seda tão branca que me deixou a vista enevoada, de modo que não vi mais direito as coisas. Fiquei apertando os olhos para tentar ver aquele carro que diminuía de tamanho e fazia a minha Marelena se afastar de mim. Fiquei a imaginar se um dia eu a reveria; se nesse dia ela me reconheceria; se algum dia eu me esqueceria do seu cheiro.

Quando a fumaça e a poeira do automóvel daquela mulher desapareceram na curva do trevo da cidade, desabei a chorar no ombro de padre Alceu. Porque a minha filha, emprestada por pouco tempo, tinha ido embora: era o que meu coração segredava.

Eu tinha passado a noite lá dentro, já que não tinha mais Marelena para zelar. Vira padre Alceu separar suas roupas e alguns suprimentos no farnel, o que me fez entender que partiria no dia seguinte. Sem pensar, secretamente separei minhas roupas poucas, uma manta leve de Marelena que ficara esquecida no varal de trás, meus panos de mulher, verifiquei a inteireza do cordão do meu Jesus preto e fingi dormir.

Escrevi um bilhete breve para padre Josué, que já ouvira minha confissão e, como sabia de tudo, não precisaria de tantas explanações além do adeus agradecido e emocionado que escrevi com pressa. Quando ouvi o ressonar de padre Alceu no escuro da noite, saí e fui para o descampado que dava para a saída de Guaraciúna. Ali me deitei e dormi, atenta a bichos, amanheceres e passos arrastados.

Com a primeira nesga de sol cortando o ar em dois, escutei a cadência de um caminhar que conhecia tão bem, eu que os acompanhei por tanto tempo. Escondi-me no mato alto até me certificar de que aqueles passos eram mesmo do homem que me gerara. Quando ele estava a coisa de 30 metros de mim, me levantei e o encarei, calada.

— Nina? O que você está fazendo aqui fora, menina?

Eu passei a noite a esperar, ansiar, me desconsolar, aspirar, torcer, entristecer, me retorcer, me alegrar, conjecturar, me inquietar, presumir, me incomodar, confiar, me penitenciar, acreditar, prever e a me moer toda por dentro. Na verdade, pensei, fazia tudo isso e muito mais desde o dia em que uma mulher que eu nunca conheci, antiga proprietária do único prostíbulo de Riacho da Jacobina, me deixou na casa paroquial para ser criada. Agora o que eu fazia era partir e começar a minha vida. Como Nina.

— Não foi o senhor que disse que é dever do pai cuidar dos seus filhos? — respondi.

Ele estatelou, como se sua vida tivesse sido sorvida por minhas palavras e um longo filme de cinema estivesse sendo projetado em suas retinas. Impliquei, dizendo que ele estava se parecendo com a estátua de padre Cícero que tínhamos visto em Juazeiro do Norte, poucos dias antes. Como ele não se moveu, peguei-o pelo braço e o puxei em direção ao trevo da cidade.

Caminhamos calados, eu sem tirar os olhos da serra das duas tetas invertidas, nós dois como elas e cada qual com seus silêncios, até Guaraciúna do Norte deixar de ser horizonte para se tornar lembrança. Ele, caraminholando passados e subtrações; eu, futuros e adições. Na hora certa, já sem vergonhas desnecessárias, eu levantaria meu vestido e lhe revelaria minha marca parecida com uma cruz, abaixo das costelas; também tiraria as sandálias de tiras de couro e lhe mostraria meu dedão em forma de jabuti. Ainda no caminho, já acostumado com a notícia, ele voltaria a me contar a lenda de Indá, a cobra d'água gigante que habita os dentros daquele sertão desde que o mundo virou mundo e para sempre os habitará, deixando-me ainda mais enternecida, pois ele contará histórias muito bem, como todo pai deve contar.

Primeira impressão da primeira
edição: fevereiro de 2022

Editor responsável	Fernanda Zacharewicz
Preparação de texto	Omar Souza
Revisão	Equipe 106
Capa	Wellinton Lenzi
Diagramação	Sonia Peticov
Impressão	Assahi Gráfica e Editora Ltda
Capa	*papel* Supremo 250 g/m²
	fonte ITC American Typewriter Std Medium
	imagem Paulo Basso Jr.
Miolo	*papel* Pólen 70 g/m²
	fonte Palatino 10,5
Acabamento	Laminação fosca